Manfred Mai

# Hälfte des Lebens

Ein Baden-Württemberg-Krimi



Silberburg-Verlag

**Manfred Mai,** Jahrgang 1949, lebt und arbeitet in seinem Geburtsort Winterlingen (Zollernalbkreis). Nach einer Malerlehre, drei Jahren Fabrikarbeit und 18 Monaten Wehrdienst wurde er Lehrer und unterrichtete acht Jahre an einer Realschule. Er begann zu schreiben, kündigte seine Stelle und ist nun seit 30 Jahren freier Schriftsteller. Inzwischen hat er mehr als 150 Bücher geschrieben, die in 25 Sprachen übersetzt wurden.

1. Auflage 2013


Umschlaggestaltung: Christoph Wöhler, Tübingen.
Coverfoto: © pixdeluxe – iStockphoto.
Lektorat: Michael Raffel, Tübingen.
Druck: CPI books, Leck.
Printed in Germany.

ISBN 978-3-8425-1246-7

Manfred Mai

# Hälfte des Lebens

# 1

Angelika erhebt sich vom Frühstückstisch, den er wie so oft eilig verlassen hat, weil er spät dran war.

»Entschuldige, aber ich muss los.«

Früher hat er noch »Entschuldige, Schatz« gesagt, aber den Schatz lässt er schon lange weg und sie ist froh darüber. »Schatz« wäre in seinem Mund eine Lüge.

Sie räumt den Tisch ab, sieht die Kaffeespuren, die seine Lippen an der Tasse hinterlassen haben, und lässt sie in der Spülmaschine verschwinden. Sie würde gern mal wieder küssen, richtig wild küssen, aber nicht einen Mund, der solche Kaffeeschlieren an der Tasse hinterlässt und in dem »Schatz« eine Lüge wäre.

Nachdem sie alle Spuren des Frühstücks beseitigt hat, geht Angelika ins Bad. Bevor sie in den Spiegel schaut, stellt sie sich unter die Dusche und genießt das angenehm temperierte Wasser. Zwei Minuten, fünf Minuten, sie weiß nicht, wie lange, es ist ihr auch völlig egal.

Wenn er jetzt zu Hause wäre, würde er den Kopf zur Tür hereinstrecken und fragen, ob etwas passiert sei, so, als ob er besorgt wäre.

Sie dreht den Hahn noch weiter auf und erhöht langsam die Temperatur, bis das Wasser so heiß ist, dass ihre Haut aufschreit. Angelika würde am liebsten auch schreien, doch obwohl sie allein im Haus ist, schafft sie es nicht. Mit einem Dreh stellt sie den Temperaturregler auf zehn Grad, spannt die Muskeln an und erwartet die kalte Dusche. Als sie kommt, zieht Angelika die Luft ein und hält sie an. Nach einigen Sekunden wird die Kälte erträglicher, und sie dreht die Temperatur wieder hoch. Achtmal überwindet sie sich heute und kann sich nicht erinnern, es je so oft geschafft zu haben. Fast ein wenig stolz trocknet sie sich ab und reibt ihren Körper mit einer nach Lavendel riechenden Feuchtigkeits-Lotion ein. Dann stellt sie sich vor den Spiegel. Ihre Haut hat einen rosigen Ton, fast wie die eines Ferkels, denkt Angelika und muss lächeln. Sie nimmt die Schultern zurück und zieht den Bauch ein, damit der Brustkorb nach vorn kommt. Aber ihre Brüste, die für seine Hände immer zu klein waren, werden dadurch nicht größer. Sie drückt beide von unten hoch und bückt sich so weit, bis ihr aus dem Spiegel ein tief ausgeschnittenes Dekolleté entgegenschaut.

Ruckartig kommt sie wieder hoch und sagt: »Mir sind sie groß genug!«

Jedenfalls ist sie froh, dass sie keine Brüste hat, die mit zunehmendem Alter immer tiefer hängen.

Als sie noch darüber sprachen, hat er mehrfach angedeutet, es gebe verschiedene Möglichkeiten, der Natur ein wenig nachzuhelfen, wenn man mit Teilen seines Körpers nicht zufrieden sei. Damals hat sie sich ernsthaft mit diesen Möglichkeiten beschäftigt und hätte sich ihm zuliebe beinahe Silikonpolster reindrücken lassen.

Ganz schön bescheuert!

Sie schaut an sich hinunter, dreht sich einmal um sich selbst, hebt den Kopf, und ihr Spiegelbild sagt: »Ich bin mit dir zufrieden.«

»Ich auch.«

Sie geht ins Schlafzimmer, öffnet den Schrank und probiert Kleider, Röcke, Hosen, T-Shirts, Blusen. Es dauert über eine halbe Stunde, dann hat sie sich für ihre engste Jeans und ein schwarzes Shirt entschieden, das so knapp geschnitten ist, dass es bei jeder Bewegung zu reißen droht. Vor dem großen Spiegel fährt sie sich mit den Fingern durch ihr volles Haar, wobei der Bauch bis über den Nabel freigelegt wird. Niemand würde Angelika ihre zweiundvierzig Jahre glauben.

Sie will im Krankenhaus anrufen, um zu sagen, dass sie heute nicht kommt, aber das Telefon ist mal wieder nicht an seinem Platz. Bevor sie lange sucht, geht sie ins Arbeitszimmer, wo der Hauptapparat auf dem Schreibtisch steht. Sie wählt die Nummer, spürt die anklopfenden Vorwürfe, die sich bei Notlügen immer melden, versucht sie wegzuatmen und sagt mit kränklicher Stimme: »Hier ist Angelika. Mir geht es nicht so gut. Ich habe Fieber und Kopfschmerzen. Ich bleibe zu Hause und lege mich ins Bett. – Danke und Tschüss.«

Sie mag solche Gespräche nicht, aber heute musste es sein. Und sowieso machen das manche auf der Station viel hemmungsloser. Wie oft hat sie schon Vertretung schieben müssen, vor allem für Carmen und Ines. Die melden sich ja sogar krank, wenn sie am Abend zuvor einen draufgemacht haben. Das hat Angelika noch nie getan. Wenn sie fehlt, gibt es einen guten Grund. So wie heute, wo es um ihr Leben geht.

Angelikas Blick bleibt am Foto der beiden Kinder hängen. Das war vor drei Jahren, unser Pfingsturlaub in Griechenland. Da hat er uns mit abendländischer Kultur so vollgeknallt, dass wir ganz die Freude an dem schönen Land verloren haben.

Stellt euch mal vor, hier haben Sokrates, Aristoteles und Platon gelebt. Über diesen Platz sind sie oft gegangen, hat er in Athen erzählt. Vielleicht sind sie sogar hier gestanden, genau hier, wo wir jetzt stehen. Ist das nicht unglaublich? Wir stehen auf der gleichen Stelle, wo drei der größten Denker der Menschheit gestanden haben! Begreift ihr das?

Wir begriffen es nicht, jedenfalls nicht in seinem Sinn. Wir fanden es beeindruckend, aber wir flippten nicht aus wie er. Am wenigsten Anne, die damals erst dreizehn war. Und er wollte einfach nicht begreifen, dass es für ein junges Mädchen Wichtigeres gibt als Philosophen, die vor mehr als zweitausend Jahren gestorben sind. Selbst Benni, der sich sehr für Geschichte interessiert, fand die Begeisterung seines Vaters übertrieben.

Hier steht die Wiege unserer Kultur, dozierte er. Die alten Griechen haben auf allen Gebieten wichtige Grundlagen für unsere Art zu leben und zu denken geschaffen. Das muss man wissen, das gehört zur Bildung. Erst dann ist man wirklich Teil dieser Kultur. Und erst die Teilhabe an der Kultur macht einen Menschen aus. Ohne Kultur unterscheidet sich der Mensch nicht wesentlich vom Tier, dessen Leben auf Nahrungsbeschaffung, Nahrungsaufnahme und Fortpflanzung reduziert ist.

Angelika greift nach dem Foto. Das schiefe Lächeln der beiden sieht aus, als wären die Mundwinkel nach Aufforderung ein paar Millimeter hochgezogen worden, doch die Augen verraten die Münder.

Es gibt viele Fotos, auf denen Anne und Benni besser getroffen sind, aber da stehen sie nicht an der Wiege unserer Kultur.

Sie stellt das Foto zurück an den Platz, an dem früher eines von ihr gestanden hat. Dann gleitet ihr Blick entlang an den Regalen, in denen Bücher bis unter die Decke aufgebahrt sind. Die einzige Unregelmäßigkeit zwischen den ansonsten dicht gedrängten Buchrücken gibt es in der Mitte des Regals gegenüber der Tür. Dort lehnt ein Buch leicht schräg in einer Stütze und springt jedem, der das Zimmer betritt, sofort ins Auge. *Dieter Beckstein – Der Mann im Turm – Versuch über Hölderlin*, ist in schwarzen Buchstaben auf weißen Grund gedruckt.

Er hatte den Text vor etwa zehn Jahren geschrieben und dann an zig Verlage geschickt, aber nur Absagen erhalten. Schließlich ließ er auf eigene Kosten fünfhundert Exemplare drucken. Im Zollern-Alb-Kurier, in der Schwäbischen Zeitung und im Schwarzwälder Boten wurde das Buch des einheimischen Autors vorgestellt und gelobt. Er hielt auch ein paar Lesungen und Vorträge, zu denen zwischen drei und zwanzig Leute kamen, darunter solche, die sich von dem geheuchelten Interesse an Hölderlin Vorteile erhofften. Dank ihnen und ein paar Neugierigen in seinem Umfeld waren nach acht Jahren knapp hundert Exemplare verkauft. Ursprünglich für knapp dreißig, dann für fünfzehn Mark und nach der Währungsumstellung für fünf Euro. Da sich der Absatz trotz des reduzierten Preises stetig verlangsamt hat, wird das Werk aller Voraussicht nach ein Verlustgeschäft bleiben. Aber wer fragt bei einem Versuch über Hölderlin schon nach dem schnöden Mammon?

Angelika nimmt das Buch in die Hand und blättert darin. Vor Jahren hat sie versucht, den Versuch zu lesen, aber es ist bei dem Versuch geblieben. Trotzdem hat sie dem Buch und damit ihrem Mann die Entdeckung eines Gedichts zu verdanken, das schon beim ersten Lesen an etwas rührte, was damals noch unter den alltäglichen Verrichtungen der Mutter und Ehefrau verborgen war. Mit jedem Lesen drangen die Worte tiefer und legten Schichten frei, die nur aus Fragen, Ahnungen und Ängsten bestanden.

*Hälfte des Lebens*

*Mit gelben Birnen hänget*
*Und voll mit wilden Rosen*
*Das Land in den See,*
*Ihr holden Schwäne,*
*Und trunken von Küssen*
*Tunkt ihr das Haupt*
*Ins heilignüchterne Wasser.*

*Weh mir, wo nehm ich, wenn*
*Es Winter ist, die Blumen, und wo*
*Den Sonnenschein,*
*Und Schatten der Erde?*
*Die Mauern stehn*
*Sprachlos und kalt, im Winde*
*Klirren die Fahnen.*

Dieses Gedicht fasst in Worte, was sie empfindet. Mit zweiundvierzig Jahren hat sie die Hälfte des Lebens hinter sich. Und wenn sie nichts unternähme, würde die zweite Hälfte klirrend kalt werden.

Sie stellt das Büchlein zurück und nimmt den Band mit Hölderlins Gedichten aus dem Regal. Darin hat sie nach der Entdeckung von *Hälfte des Lebens* immer wieder gelesen, doch kein Gedicht hatte eine vergleichbare Wirkung. Nur einmal blieb sie an zwei Versen hängen:

*Wo aber Gefahr ist, wächst*
*Das Rettende auch.*

Das bestärkte ihre Hoffnung und ermutigte sie, auch wenn sie damals noch nicht wusste, was ihr Leben retten sollte.

Sie nimmt noch drei Bücher aus dem Regal und zwei nackte Mädchen werden sichtbar. *Liebestolle Schülerinnen* hat Beckstein hinter Hölderlin versteckt. Angelika erinnert sich, als ob es gestern gewesen wäre. Sie wollte zum Einkaufen in die Stadt, da fiel ihr unterwegs ein, dass sie ihr Portemonnaie vergessen hatte. Sie fuhr zurück, schloss die Haustür auf und sah es auf dem Schränkchen im Flur liegen. Sie steckte es ein und wollte schon wieder gehen. Da hörte sie eigenartige Geräusche. Sie lauschte, machte ein paar Schritte und hielt den Atem an. Die Geräusche wurden eindeutiger und kamen aus dem Wohnzimmer. Sie schlich zur Tür, ihr Herz klopfte wie schon lange nicht mehr. Das gibt's doch nicht! Der Saukerl treibt's da drin mit einer anderen! Sie schob die angelehnte Tür ein bisschen auf und sah, dass sie sich geirrt hatte. Er stand onanierend vor dem Fernseher, in dem eine Frau auf einem liegenden Mann ritt und dabei unaufhörlich stöhnte. Angelika war erleichtert, dass die andere Frau nur per Video ins Haus gekommen war. Und dass sie ihn so stehen sah, erregte sie ungemein. Am liebsten wäre sie hineingegangen und hätte gesagt: Komm, wir machen es zusammen. Aber sie tat es nicht und schlich aus dem Haus wie eine Diebin.

Wenn sie später in immer größeren Abständen ihre ehelichen Pflichten erfüllte, musste sie stets an diese Situation denken, was sie keineswegs mehr erregte. Im Gegenteil, da sie ihm unterstellte, er habe das Videofleisch oder vielleicht sogar eine andere Frau im Kopf, während er in sie eindrang, wuchs ihr Abscheu von Mal zu Mal. Und als sie es vor einem Jahr wagte, sich ihm ganz zu verweigern, fragte er nicht warum, machte ihr auch keine Szene, sagte nur: Dann eben nicht.

Das war's.

Angelika nimmt noch einmal Becksteins Hölderlinbuch, hält es in der einen, die *Liebestollen Schülerinnen* in der anderen Hand. Dazwischen wäre ich beinahe verlorengegangen, denkt sie. Wo aber Gefahr ist, wächst das Rettende auch.

# 2

Beckstein folgt den Hinweisschildern, die an jeder Ecke des eng bebauten Städtchens angebracht sind, biegt von der Straße ab, fährt an einem schmutzigweißen Gebäude entlang, bei dem nur Gitter vor den Fenstern zu einem Gefängnis fehlen, und hält auf dem Parkplatz nach einer Lücke Ausschau.

»Das war ja klar«, brummt er, weil er keine entdeckt.

Er will zurückstoßen, sieht im Augenwinkel eine Frau winken, schaltet schnell in den ersten Gang, fährt ruckartig los, macht den Hals schräglang, kann trotzdem keine Lücke sehen, nimmt zweifelnd den Fuß vom Gas und lässt seinen Golf Diesel ausrollen. Die Frau deutet neben ihren Wagen, und endlich hellt sich Becksteins Gesicht auf. Der letzte freie Platz ist zwar ziemlich schmal, und das Einparken bereitet ihm einige Mühe, aber mit Unterstützung der Frau schafft er es schließlich ohne Schramme. Er zwängt sich aus der nur halb zu öffnenden Tür und zupft seinen Pullover zurecht. »Vielen Dank für Ihre Hilfe!«

»Keine Ursache.« Die Frau greift nach ihrem Gepäck, das hinter dem Wagen steht.

»Warten Sie, ich trage Ihren Koffer!« Mit ein paar schnellen Schritten ist Beckstein neben ihr.

»Das ist nett von Ihnen, aber er ist nicht so schwer, wie er aussieht.« Die Frau geht mit Koffer und Tasche in Richtung Eingang.

Beckstein schaut ihr kurz nach, holt sein Gepäck und folgt ihr so schnell, dass er sie auf halber Strecke eingeholt hat.

Kurz vor dem Eingang wendet sie den Kopf und sagt: »Ich bin mal gespannt, was uns hier erwartet.«

»Ich auch.« Beckstein ärgert sich sofort, dass er nichts Originelleres gesagt und die Chance zu einem Gespräch so billig verschenkt hat.

Bei der Anmeldung müssen sie warten, weil drei Männer vor ihnen dran sind. Beckstein mustert die Frau heimlich: Blaue Augen, in denen er sich gern verlieren würde; dezent geschminktes Gesicht mit schmaler, ein paar Millimeter zu langer Nase, volle Lippen und zwei neckische Grübchen; dunkelblonde Haare, die burschikos geschnitten sind und zu der jungen Mode passen, nach der sie gekleidet ist; überaus weiblicher Körper mit weichen, fast schon üppigen Rundungen.

Als sie an der Reihe ist, spitzt er die Ohren, um ihren Namen und ihre Zimmernummer zu erfahren.

»Christine Kaiser, Hölderlin-Gymnasium Tübingen«, sagt sie zu der Frau hinter dem Tresen.

Christine? Beckstein betrachtet sie von der Seite. Christine, Christine, Christine. Er findet den Namen schön und passend. Und dass sie am Hölderlin-Gymnasium in Tübingen unterrichtet, nimmt er als doppelt gutes Omen. In dem schmucken Neckarstädtchen hat er studiert, und über Hölderlin hat er geforscht und geschrieben. Daraus könnten sich Gesprächsmöglichkeiten am Rand der sicher öden Veranstaltung ergeben.

Als Christine an ihm vorbeigeht, lächelt sie. Beckstein erwidert ihr Lächeln und nickt fast unmerklich, als ob es bereits ein stilles Einvernehmen zwischen ihnen gäbe.

Nachdem er seine Sachen aufs Zimmer gebracht und sich ortskundig gemacht hat, stellt er sich vor das Schwarze Brett, von wo aus er sowohl die Treppe, die Christine demnächst herunterkommen müsste, als auch die Tür zum Großen Saal, in dem sich alle Teilnehmer um zehn Uhr einfinden sollen, im Blick hat.

Nach und nach trudeln seine Kolleginnen und Kollegen ein, melden sich an, lassen sich den Zimmerschlüssel geben, kommen wenig später die Treppe wieder herunter, gehen in den Großen Saal oder stehen unschlüssig im Flur, als warteten sie auf ein Klingelzeichen wie in der Schule.

Beckstein beobachtet sie, schließt von ihrem Äußeren, von der Art, wie sie sich anmelden, umschauen und bewegen, auf die Fächer, die sie unterrichten, wobei er seine Vermutungen durch Vergleiche mit Kolleginnen und Kollegen an seiner Schule absichert. Er bildet sich ein, Mathe- und Physiklehrer noch hundert Meter gegen den Wind zu riechen, wie er es nennt. Eindeutige Kriterien kann er dafür nicht nennen, es ist mehr ein Gespür, ein sechster Sinn, der ihn selten täuscht. Bei ihnen ist alles einen Tick korrekter; dieser Tick ist unterschiedlich ausgeprägt, in manchen Fällen für alle sichtbar, in anderen nur für das geübte Auge. Schwieriger wird es, wenn an Stelle von Physik ein anderes, vielleicht sogar ein sozialwissenschaftliches Fach tritt. Dann braucht Beckstein alle Sinne, um von den sich häufig widersprechenden Signalen nicht auf eine falsche Fährte geführt zu werden. Da jedoch der Mathematiker in der Regel die Oberhand gewinnt, kann Beckstein auch in diesen Fällen auf eine hohe Trefferquote verweisen. Ähnliches gilt für die Vertreter der Fächerkombinationen Deutsch/Geschichte und Deutsch/Gemeinschaftskunde – wie Politik in Baden-Württemberg vielsagend heißt –, die Beckstein spätestens auf den zweiten Blick erkennt, ohne dafür seinen sechsten Sinn beanspruchen zu müssen. Überhaupt keine Herausforderung bilden die Sport-, Kunst- und Musiklehrer. Die einen stellen ihre sportlichen Körper, die andern ihr Künstlersein so penetrant zur Schau, dass jeder sehen kann, was sie gern wären. Lehrerinnen und Lehrer mit anderen Fächern findet Beckstein nicht besonders interessant; sie sind schwer zu unterscheiden und bilden die grauen Gruppen in Kollegien.

Hier registriert Beckstein zwei Mathe- und Physiklehrer, fünf bis sechs Mathelehrer und ebenso viele Vertreter von Deutsch/Geschichte beziehungsweise Deutsch/Gemeinschaftskunde. Zu ihnen müsste auch Christine gehören, doch bei ihr ist Beckstein nicht ganz sicher. Etwas in ihm verhindert ein klares Urteil.

Er schaut wieder zur Uhr. Sechs Minuten vor zehn. Wo sie nur so lange bleibt?

»Hallo Dieter!«, hört er in diesem Moment eine Frauenstimme neben sich sagen.

Beckstein dreht den Kopf, sieht ein fremdes und zugleich bekanntes Gesicht, braucht ein paar Sekunden, bis das Bekannte überwiegt. »Uschi!«

»Schön, dass du mich noch erkennst.«

Beckstein hört den Unterton, den er noch von früher im Ohr hat und den er schon damals nicht mochte. »Na hör mal!«, sagt er nur.

Sie streckt ihm die Hand entgegen. »Fünfzehn Jahre ist das jetzt her.«

»So lange?«

Sie scheint kurz nachzurechnen. »Es sind sogar schon sechzehn. Mein Gott, wie die Zeit vergeht. Sechzehn Jahre – kaum zu glauben.« Sie schaut Beckstein von oben bis unten an. »Dir scheint es gut zu gehen, sogar ein Bäuchlein hast du angesetzt. Wie ein richtiger Ehemann und Familienvater.«

Unwillkürlich zieht er den Bauch ein.

Uschi grinst.

Beckstein will etwas sagen, da kommt Christine die Treppe herunter. Er sieht sofort, dass sie frisch geschminkt ist, bezieht das auf sich und lächelt.

»Du siehst aus, als ob du dich freuen würdest, dass wir uns nach so langer Zeit hier treffen.«

»Ich freu mich auch«, sagt er, wobei seine Augen zwischen den beiden Frauen tanzen.

»Darauf müssen wir heute Abend anstoßen«, flüstert sie, greift nach seinem Arm und drückt ihn kurz.

»Aber jetzt müssen wir uns erst einmal anhören, was wir alles falsch gemacht haben und wie wir bessere Lehrer werden. Dazu sind wir schließlich hier, oder?«

»Du sagst es.«

Nebeneinander gehen sie in den Großen Saal, wobei er Christine nicht aus den Augen lässt. Am liebsten würde er sich neben sie setzen, aber das scheint ihm zu viel Nähe für den Anfang. Er will ihr an den hufeisenförmig aufgestellten Tischen gegenübersitzen, damit er sie sehen kann. Deswegen zögert er, bis sie sich für einen Platz entschieden hat. Links und rechts von ihr sind die Plätze noch frei.

Einer davon könnte für mich sein, denkt Beckstein. Und als sich ihre Blicke treffen, ist er ganz sicher. Entgegen seinem Vorsatz wendet er sich in Christines Richtung, wird jedoch von Uschi gestoppt. »Dort drüben sind noch zwei Plätze.« Sie greift nach seinem Arm. »Komm schnell, sonst sind sie besetzt!«

Er macht sich los, weil ihm die Berührung unangenehm ist. Doch nach dieser Vertraulichkeit kann er sich nicht mehr zu Christine setzen und folgt Uschi. Erst nach einer Weile hebt er den Kopf und schaut möglichst unauffällig in Christines Richtung. Inzwischen sind die Plätze neben ihr von einem Mann und einer Frau besetzt. Die Frau ist Beckstein egal, aber der Mann stört ihn.

»Was hältst denn du von der PISA-Studie und den ganzen Aktivitäten, die seither über uns gekommen sind?«, fragt Uschi und reißt ihn damit aus seinen Gedanken.

»Nichts!«

Seit diese verdammte Studie zum ersten Mal durch die Medien geisterte, spielen seiner Meinung nach alle verrückt, angefangen von der Kultusministerin bis zum Schulleiter, und der am meisten. Der fühlt sich mit seinem pädagogischen Firlefanz jetzt natürlich bestätigt.

PISA! Er kann dieses Wort nicht mehr hören. Dabei weckte es vor einiger Zeit noch schöne Erinnerungen. PISA stand für den Schiefen Turm und damit für eine Reise in die Toskana, als er und Angelika vor mehr als zwanzig Jahren noch gemeinsam auf der Suche waren. Aber diese Erinnerungen stören ihn jetzt, sind ihm lästig. Genau wie ihm das neue PISA lästig ist. Weil deutsche Schüler bei diesem Ländervergleich im letzten Drittel landeten, muss er sich drei Tage lang mit neuen pädagogischen Theorien, mit zeitgemäßen Lehr- und Lernformen herumschlagen. Er, Oberstudienrat Dieter Beckstein, mit zwanzig Jahren Erfahrung als Deutsch- und Geschichtslehrer!

»Guten Morgen, meine Damen und Herren«, unterbricht ein Mann die Gedanken und Gespräche. »Mein Name ist Peter Meissel, ich bin der Leiter dieses Hauses und möchte Sie recht herzlich begrüßen. Wenn Sie Fragen oder Probleme haben, können Sie jederzeit zu meinen Mitarbeiterinnen oder zu mir kommen. Soweit es uns möglich ist, werden wir Ihnen behilflich sein. Nun wünsche ich Ihnen einen angenehmen Aufenthalt in unserem Haus und übergebe das Wort an Ihren Lehrgangsleiter, Herrn Regierungsschuldirektor Bäumler.«

Der nickt, stellt sich vor und wünscht sich zu Beginn kurze Statements zu der PISA-Studie, um ein Meinungsbild zu bekommen.

Die meisten der sieben Lehrerinnen und einundzwanzig Lehrer senken den Blick. Auch Dieter Beckstein. Er hat eine Meinung zu der Studie, das ist keine Frage. Aber er denkt nicht daran, sie hier auszubreiten. Seine Meinung geht die andern nichts an und einen Regierungsschuldirektor schon gar nichts.

Ein leicht angegrauter Mann mit hoher Stirn, bei dem Beckstein jede Wette eingehen würde, dass er Mathe- und Physiklehrer ist, erlöst seine in Papieren kramenden Kolleginnen und Kollegen. Er ziehe sich den PISA-Schuh nicht an. Er unterrichte nun schon vierundzwanzig Jahre Mathematik und Physik. Ohne unbescheiden sein zu wollen, könne er sagen, mit gutem Erfolg. Und dieser Erfolg beruhe darauf, dass er sich in seinem Unterricht nicht vom jeweiligen Zeitgeist oder von Modeerscheinungen habe leiten lassen, sondern stets die wissenschaftlichen Grundlagen seiner Fächer in den Mittelpunkt gestellt habe. Das gedenke er auch in Zukunft so zu halten, und davon würden ihn irgendwelche obskuren Studien nicht abbringen.

Sein zur grauen Gruppe gehörender Nebensitzer nickt heftig. Das deutsche Gymnasium habe wesentlich dazu beigetragen, dass Deutschland zu einer großen Kulturnation und gleichzeitig zu einer der führenden Wirtschaftsmächte in der Welt geworden sei. Also könne doch wohl nicht alles falsch sein, was die Kolleginnen und Kollegen getan hätten und tun würden.

In einer Ecke wird demonstrativ auf die Tische geklopft.

Die folgenden Beiträge wiederholen das bereits Gesagte mit leichten Variationen, wobei hin und wieder vage angedeutet wird, dass die eine oder andere Veränderung vielleicht nicht schaden würde.

Beckstein beobachtet Christine, an deren Reaktionen er zu sehen glaubt, dass sie die Sichtweise der anderen nicht teilt. Und als sie sich zu Wort meldet, fühlt er sich, als müsste er gleich selbst reden.

Man dürfe die Ergebnisse der PISA-Studie nicht einfach wegwischen und weitermachen wie bisher. Es lasse sich nun mal nicht leugnen, dass die Leistungen deutscher Schüler auf wichtigen Gebieten nur noch Mittelmaß seien.

Es grummelt in der Runde, hinter vorgehaltener Hand ist das Wort »Nestbeschmutzerin« zu hören. Beckstein spürt sein Blut pulsieren. Mit hochrotem Kopf geht er dazwischen: Man solle die Kollegin bitte ausreden lassen, das gebiete doch schon der Anstand, auch wenn sie anderer Meinung sei als die meisten hier.

Christine wirft ihm einen kurzen Blick zu und redet weiter. Das liege sicher nicht nur am Unterricht. Wenn Millionen Eltern ihre Erziehungspflichten nicht im notwendigen Maß erfüllten, seien Defizite bei den Kindern die logische Folge. Diese Defizite könnten auch durch noch so guten Unterricht nicht behoben werden.

Genau! Sehr richtig! Meine Worte!, hagelt es jetzt Zustimmung von allen Seiten.

Beckstein atmet erleichtert auf.

Trotzdem könne zum Beispiel ein Deutschunterricht, der sich mehr an den Interessen der Schüler und an wichtigen Themen unserer Zeit als am klassischen Lektürekanon orientiere, die Lesemotivation steigern.

Ob man vielleicht Harry Potter im Unterricht lesen solle?

Das sei eine gute Idee.

Eine kupferrot gefärbte Frau, die alterslos scheint, empört sich. Das wäre eine Bankrotterklärung vor dem Zeitgeist und dem Trivialen. So weit dürfe es nicht kommen, man habe schließlich einen Bildungsauftrag.

Den man aber anscheinend nicht mehr gut genug erfülle. Christine lässt sich von dem erneut ansteigenden Gemurmel nicht irritieren. Wer ehrlich sei, müsse doch zugeben, dass man Schüler mit vielen Texten des klassischen Kanons nicht mehr erreiche – zumal wenn sie wie eh und je vermittelt würden.

Obwohl sie Beckstein nicht anschaut, fühlt er sich ertappt. Er muss an die letzten Deutschstunden mit seinem Leistungskurs denken, in denen er den Faust »wie eh und je« durchgenommen hat.

So ein Unterricht laufe nach dem Prinzip ab, der Lehrer müsse seinen Stoff durchnehmen, egal ob der die Schüler interessiere und was sie dabei lernten. Formal seien Lehrplan und Bildungsauftrag damit erfüllt, aber eben nur formal. Tatsächlich würden immer mehr Schüler immer weniger von dem lernen, was Lehrer durchnehmen. Das habe man doch schon lange vor PISA beklagt. Von Jahr zu Jahr müsse man die Anforderungen senken, um noch akzeptable Notendurchschnitte zu erreichen, höre sie die Kolleginnen und Kollegen klagen, seit sie in der Schule sei.

Daran seien doch nicht die Lehrerinnen und Lehrer an den Gymnasien schuld!

Nicht nur, aber die PISA-Studie mache deutlich, dass die Leistungen der Schüler in vergleichbaren Ländern besser seien als die der deutschen Schüler. Und das müsse eben auch am Unterricht liegen.

Christine lehnt sich zurück und schaut in die Runde. Beckstein bewundert sie. Ihr muss klar gewesen sein, dass sie mit ihrer Meinung ziemlich allein steht. Trotzdem vertritt sie, was sie für richtig hält. Und wie!

Der Regierungsschuldirektor dankt ihr für ihre offenen Worte und bittet um weitere Statements.

Beckstein meldet sich. Solche Studien seien immer mit Vorsicht zu genießen, weil in den verschiedenen Ländern unterschiedliche politische, wirtschaftliche und gesellschaftliche Verhältnisse herrschten. Auch die jeweiligen Normen und Wertvorstellungen unterschieden sich zum Teil deutlich. Das mache Vergleiche in einzelnen Bereichen zumindest schwierig, wenn nicht gar fragwürdig. Trotzdem sollten solche Studien alle Beteiligten dazu veranlassen, über den Tellerrand zu sehen und das eigene Tun zu hinterfragen.

»Ich denke, du hältst nichts von der PISA-Studie«, flüstert Uschi.

»Bitte?«

Sie wiederholt ihren Satz.

»So einfach kann man das nicht ausdrücken.«

»Hast du aber vorhin.«

Der Regierungsschuldirektor räuspert sich und wirft beiden einen tadelnden Blick zu.

Alle schauen nach vorn, hören sich mehr oder weniger interessiert die restlichen Statements an oder tun wenigstens so. Trotz einiger Zugeständnisse, bei denen manche von verschlungenen, nebulösen bis zu völlig unverständlichen Formulierungen getrieben werden, distanzieren sich die meisten letztlich von Christines Auffassung.

Während ein hagerer, sichtlich unter seinem Beruf leidender und früh gealterter Mann langatmig und mit beinahe weinerlicher Stimme von besseren Zeiten redet, bückt sich Uschi und kramt in ihrer Tasche. Dabei beugt sie sich so weit zu Beckstein hinüber, dass ihr Kopf kurz auf seinem Oberschenkel liegt. Beim Hochkommen streicht sie mit der Hand langsam an seinem Bein entlang. Und als sie wieder aufrecht sitzt, schaut sie Beckstein mit einem Blick an, der alle Fragen beantwortet.

# 3

Angelika fährt mit ihrem alten Polo, der die nächste TÜV-Untersuchung wohl kaum bestehen dürfte, durch Ebingen, ohne etwas von dem Städtchen wahrzunehmen. Sie lässt das Badkap rechts liegen und fädelt auf die Bundesstraße ein, die nach Lautlingen stark abfällt. Am Ortsschild drosselt sie das Tempo nicht und nähert sich schnell einem vorschriftsmäßig fahrenden Transporter. Im letzten Moment tritt sie so kräftig auf die Bremse, dass der Polo nach links ausbricht. Sie hat großes Glück, dass kein Gegenverkehr kommt.

Jetzt ist Angelika hellwach, ihr Puls rast. Nach der nächsten Kurve fährt sie rechts ran und atmet tief durch.

»Ich bin echt bescheuert!«, sagt sie und schlägt sich mit der flachen Hand gegen die Stirn.

Bei laufendem Motor wartet sie, bis ihr Puls sich beruhigt. Dabei fällt ihr Blick auf ein Hinweisschild: *Stauffenberg-Schloss*.

Dass so ein Mann seine Kindheit hier in Lautlingen verbracht hat, kann man sich kaum vorstellen, denkt sie. Und wenn er es geschafft hätte, Hitler zu töten, wäre er der größte Held in Deutschland.

Aber das wäre doch Mord gewesen.

Und in den Zehn Geboten heißt es: Du sollst nicht töten.

Trotzdem ist ein Mord manchmal erlaubt.

Und wer entscheidet, wann er erlaubt ist?

Ein lautes Hupen reißt Angelika aus ihren Gedanken. Sie schaut nach hinten und sieht einen Laster. Der Fahrer ruft etwas zum Fenster heraus, was Angelika nicht versteht. Sie legt den Gang ein und fährt weiter in Richtung Balingen. Nach einigen Kilometern biegt sie von der Bundesstraße ab, streift das vor Jahren von der Kreisstadt eingemeindete Weilstetten, um den knapp tausend Meter hohen Lochen in Angriff zu nehmen. Die gut ausgebaute Straße führt in Serpentinen nach oben und verlangt dem Polo alles ab. Als Angelika nach der letzten Kurve wieder beschleunigen will, stottert er und droht abzusterben. Sofort nimmt sie Gas weg, damit er sich beruhigen kann, bittet ihn, sie nicht im Stich zu lassen, und bringt ihn mit viel Gefühl nach oben. Auf dem Parkplatz bedankt sie sich und steigt aus. Obwohl es für Mitte März schon recht mild ist, zieht Angelika ihre Jacke an, weil es hier oben immer spürbar kühler ist als unten in der Stadt.

Außer ihrem Polo steht nur noch ein Auto mit Tübinger Kennzeichen auf dem Parkplatz. Das ist Angelika sehr recht, denn sie möchte jetzt niemanden sehen und schon gar niemanden, den sie kennt, der womöglich Fragen stellen würde, Fragen, die sie nicht wahrheitsgemäß beantworten dürfte, weil sie den Grund, warum sie hier hochgefahren ist, verheimlichen müsste.

Sie geht los, den leicht ansteigenden, für die Jahreszeit erstaunlich trockenen Weg entlang und erreicht bald einen Rhythmus, bei dem die Landschaft sie nur noch als verschwommene Kulisse umgibt und die Gedanken Schritt für Schritt freier werden.

Warum ist es so weit gekommen?

Wir haben uns doch mal geliebt, sehr geliebt.

Wann haben wir unsere Liebe verloren?

Dafür gibt es wahrscheinlich kein Datum. Mal ein böses Wort, ein Schweigen zur falschen Zeit, das Unterlassen kleiner Aufmerksamkeiten, erste Vorwürfe, Rechtfertigungen, Sticheleien, der erste Streit mit Tränen und anschließender Versöhnung. Erste Heimlichkeiten, Ausflüchte und kleine Lügen. Das müsste eine richtige Liebe aushalten. War unsere Liebe also keine richtige? Doch! Ich habe ihn geliebt. Für mich war das, was ich für ihn empfunden habe, Liebe. Ich weiß nicht, wie ich es anders nennen soll. Ich habe mich zu ihm hingezogen gefühlt, war gern mit ihm zusammen und wollte mit ihm Kinder haben. Und wir waren beide überglücklich, als Benni zur Welt kam. Er hat uns einander näher gebracht, als wir jemals waren. Der Gefühlsschub nach Annes Geburt war schon weniger intensiv und dauerte nicht annähernd so lange. In Anne waren wir beide regelrecht vernarrt. Sie war auch ein wunderschönes, süßes Baby. Benni wurde eifersüchtig auf seine kleine Schwester und benahm sich selbst wieder wie ein Baby. Damit er sich nicht zurückgesetzt und vernachlässigt fühlte, beschäftigten wir uns besonders viel mit ihm – und vernachlässigten uns. Dieter schien das nichts auszumachen, sein Beruf und die Kinder reichten ihm; in der Schule bekam er die Anerkennung, die er brauchte, zu Hause die Streicheleinheiten von unseren Kindern, und was die ihm nicht geben konnten, holte er sich bei mir – vielleicht auch schon damals bei den Videomädchen oder sogar anderswo.

Weitere Vorwürfe, Anschuldigungen, heftige Auseinandersetzungen mit Verletzungen, sich zurückziehen und einigeln, Neuanfänge in Lauerstellung, über Fehler und Schwächen nicht mehr hinwegsehen, sondern sie schamlos ausnutzen. Das hält keine Liebe aus.

Er konnte so leben, ich nicht, und doch lebte ich so, musste so leben, glaubte es zumindest, der Kinder wegen. Ich habe versucht, mit ihm über unsere Beziehung zu reden, doch die Gespräche wurden schnell sehr einseitig. Mit Worten konnte er besser umgehen, sie gezielter einsetzen als ich. Wenn er mir überhaupt zuhörte, waren meine Worte nicht mehr als Stichworte für ihn, die er zu langen Monologen benutzte, in denen er anfangs von Verständnis für mich und meine Lage sprach, um im weiteren Verlauf von mir Verständnis für sich zu fordern. Wenn er fertig war, begann er, mich zu liebkosen und auszuziehen, streichelte und küsste mich wie ein frisch Verliebter, nahm sich Zeit, machte mich heiß und willig, ließ mich alles vergessen und nur noch begehrte und begehrende Frau sein.

Doch dem kurzen Rausch folgte schnell die Ernüchterung, und jedes Mal hatte ich das Gefühl, betrogen worden zu sein. Er redete mich mundtot und erstickte mich mit seinen Küssen, benutzte Kopf und Schwanz, um mich ruhig zu halten und möglichst ungestört sein Leben leben zu können, das aus Schule, Büchern, Benni und Anne bestand. Mir schob er mehr und mehr die Rolle einer Managerin zu, die dafür zu sorgen hatte, dass der Familienbetrieb reibungslos funktionierte.

Ein älteres Ehepaar kommt Angelika entgegen und grüßt freundlich.

Guten Morgen, erwidert sie den Gruß und schaut nach ein paar Schritten zurück. Die beiden gehen Hand in Hand, dabei sind sie bestimmt schon über sechzig. Wann sind wir das letzte Mal Hand in Hand gegangen? Ich weiß es nicht mehr. Ob die beiden sich noch lieben? Das kann ich mir kaum vorstellen. Die meisten Paare zwischen vierzig und sechzig, die ich kenne, lieben sich nicht mehr. Sie leben zusammen, haben sich abgefunden, lassen einander in Ruhe und gehen ihre Wege, die hin und wieder die gleichen sind. Oder sie quälen einander, machen sich das Leben schwer, würden sich am liebsten trennen, was sie in Gedanken auch immer wieder durchspielen, aber nie wirklich angehen, weil sie die Konsequenzen und Unannehmlichkeiten fürchten und sich ein anderes Leben nicht vorstellen können, weshalb sie einander den Tod wünschen, der ihnen alles Unangenehme abnehmen soll.

Angelika überlegt, wann sie ihrem Mann zum ersten Mal den Tod gewünscht hat, könnte jedoch keinen genauen Zeitpunkt oder Anlass nennen. Wahrscheinlich hat sie ihm anfangs den Tod auch nicht wirklich gewünscht, wenn sie sich ein Leben ohne ihn ausmalte. Aber sie weiß noch genau, wie es ihr zu Herzen ging, ihren Kindern in Gedanken den Vater zu nehmen. Die beiden mochten ihn sehr, denn er war ein guter Vater, dem seine Kinder sehr wichtig waren und der sich viel mit ihnen beschäftigte. Manchmal war sie regelrecht eifersüchtig, wenn Benjamin und Anne mit ihren Fragen und Problemen zuerst zu ihm gingen, oder wenn er mit ihnen herumalberte, wie sie es nie konnte.

Es gab auch Zeiten, wo sie nicht ihm, sondern sich selbst den Tod wünschte, um frei zu sein. Sie spielte die verschiedenen Möglichkeiten durch, strich weg, was sie ängstigte oder ihr unangenehm war, bis zum Schluss die Tabletten übrigblieben. Als sie genügend gesammelt hatte, kippte sie alle in ein Glas Wasser, setzte sich auf ihr Bett, führte das Glas zum Mund, nahm den ersten Schluck, spuckte das Gebräu sofort wieder aus und begann zu weinen. So ähnlich endeten auch die nächsten Versuche. Da sie es nicht schaffte, sich das Leben zu nehmen, musste sie es weiterleben.

Angelika lässt den Wald hinter sich, geht zügig über die noch leblos scheinenden Märzwiesen und sieht am Horizont das Gipfelkreuz auftauchen. Vereinzelt spitzt schon ein Stein durch die immer dünner werdende Erdkrume, und bald geht sie auf dem nackten Fels. Obwohl der Lochen fast tausend Meter hoch ist, kann man ihn aus südlicher Richtung bequem erwandern.

Das Kreuz ragt in einen Morgenhimmel, der einen schönen Frühlingstag verspricht. Angelika bleibt stehen, sieht nur noch das Kreuz, kniet nieder, faltet die Hände und betet, betet, wie sie noch nie im Leben gebetet hat, erhebt sich wieder, geht langsam weiter, den Blick nicht vom Kreuz lassend, stolpert, kann sich nicht mehr halten und fällt, schrammt sich die rechte Hand auf, spürt das rechte Knie, richtet sich auf, bewegt prüfend das Bein und tupft das Blut mit einem Taschentuch von der Hand. Dann setzt sie ihre Füße vorsichtiger, achtet auf den zerklüfteten Grund und erreicht das Kreuz in luftiger Höhe. Zwischen eingeritzten Herzen, Buchstaben und Zahlen steht über alle vier Seiten *Geli ich liebe dich*. In den vielen Jahren haben Wind und Wetter den vier Worten mächtig zugesetzt, aber Angelika kann sie noch entziffern. Sie fährt die Buchstaben mit dem Zeigefinger nach, schaut das verwitterte *dich* an, dreht sich um, hockt sich nieder und lehnt sich an das Kreuz. Von hier aus hat man einen schönen Ausblick über Balingen und seine dörflichen Stadtteile, kann im Westen den Schwarzwald, im Norden

den Stuttgarter Fernsehturm sehen. Angelika sieht von all dem nichts, ihr Blick geht ins Leere. Länger als eine halbe Stunde sitzt sie so, dann steht sie auf, geht nach vorn, setzt vorsichtig Fuß vor Fuß, bis sie am äußersten Rand steht, wo der Lochenstein senkrecht abfällt. Sie schaut nicht in die Tiefe, weil sie weiß, dass ihr schwindlig würde und sie die Kontrolle über sich verlieren könnte.

Wenn ich jetzt springe, ist in ein paar Sekunden alles vorbei. Jedenfalls dieses Leben. Und was kommt dann? Der Himmel? Mutter hat mir früher oft erzählt, dass die Menschen nach dem Tod in den Himmel kämen. Auch Oma und Opa seien im Himmel und würden dort auf uns warten. Ich hab mir den Himmel als Kind so ähnlich wie die Erde vorgestellt, nur schöner, ohne Schulen und Fabriken, ewige Ferien, keine Angst und kein Streit. Menschen und Tiere leben friedlich und liebevoll miteinander, wie im Schlaraffenland. Ob es so etwas wirklich gibt? Und wenn, dürfen Selbstmörder in dieses Paradies? Böse Menschen kommen in die Hölle, habe ich als Kind gelernt. Bin ich ein böser Mensch, wenn ich jetzt springe, weil mir das Leben zu schwer wird, weil ich es so nicht mehr ertragen kann? Bin ich weniger böse, wenn ich mich umdrehe und nach Hause gehe? Oder meine Kinder und meinen Mann verlasse? Oder ihn umbringe und bei meinen Kindern bleibe? War Stauffenberg böse, weil er Hitler umbringen wollte? Oder war er gerade deswegen besonders gut? Egal was ich tue, ich bin nicht böser als andere Menschen, und ich habe das gleiche Recht wie sie, in den Himmel zu kommen.

Wo aber Gefahr ist, wächst das Rettende auch.
Dich hat der Wahnsinn gerettet, lieber Hölderlin.
Wo wächst für mich das Rettende?
Was rettet mich?
Der Tod?
Ja, der Tod.
Aber nicht meiner, sondern seiner.

# 4

Uschis Berührungen und ihr Blick werfen Beckstein zurück, zurück in seine Reutlinger Zeit. Dort stellte der Schulleiter zu Beginn eines Schuljahres die neuen Kolleginnen und Kollegen vor, darunter Ursula Richter, Referendarin für Deutsch und Geografie. Die hübsche junge Frau mit dem wippenden Pferdeschwanz wirbelte die Hormonhaushalte beim männlichen Teil des Kollegiums kräftig durcheinander. Gestandene Oberstudienräte im sogenannten besten Mannesalter führten sich auf wie pubertierende Pennäler. Nur Beckstein beteiligte sich nicht an dem Wettbewerb um die Gunst der Neuen, schließlich war er verheiratet und stolzer Vater von zwei kleinen Kindern. Aber es dauerte nicht lange, bis deutlich wurde, dass sie ihn den um sie herumscharwenzelnden Männern vorzog. Wenn sie fachliche Fragen hatte, kam sie meistens zu ihm, ebenso wenn sie Medien einsetzen wollte und nicht wusste, wo die zu finden waren. Anfangs war es für Beckstein nicht mehr als ein kollegiales Verhältnis, bei dem er, der einige Jahre ältere, aber noch junge Studienassessor der Referendarin behilflich war. Doch der enge berufliche Kontakt brachte es mit sich, dass sie sich auch persönlich näherkamen, und bald kursierte das Gerücht, die beiden hätten etwas miteinander. Ein paar frustrierte Kollegen machten Beckstein gegenüber anzügliche Bemerkungen, die er unkommentiert stehen ließ. Nur zu einem penetranten, immer etwas schmuddelig wirkenden Mittvierziger sagte er einmal: »Ihre Phantasie möchte ich nicht haben, Herr Kollege.«

Eines Tages bat sie Beckstein nach der letzten Unterrichtsstunde am Nachmittag, ihr im Medienraum beim Anschließen eines Videorecorders zu helfen. Obwohl er nach sieben Stunden Unterricht ziemlich geschafft war und möglichst schnell nach Hause wollte, ging er mit ihr. Sie drückte die Tür ganz zu, was nicht üblich war. Beckstein sah sofort, dass das Verbindungskabel zwischen Videorecorder und Fernsehgerät fehlte.

»Welcher Idiot hat denn das Kabel rausgenommen?«, fragte er ärgerlich. Er suchte ungeduldig nach dem Kabel, konnte es aber nicht finden.

»Ich brauche kein Kabel«, sagte sie leise.

Er hielt inne und starrte sie an, als müsste er sich verhört haben. Sie ging langsam auf ihn zu, blieb dicht vor ihm stehen, hob die Hände und streichelte zärtlich seine Wangen. Dann küsste sie ihn auf den Mund.

»Das ... das geht nicht«, stammelte er verwirrt.

Sie küsste ihn noch einmal und flüsterte: »Siehst du, es geht.«

»Aber ... ich ... ich bin verheiratet.«

»Ich hab dich trotzdem lieb.«

»Du ... ich ...« Ihm fehlten die Worte.

Sie küsste ihn zum dritten Mal, und diesmal erwiderte er ihren Kuss zaghaft. Doch plötzlich machte er sich los und schüttelte den Kopf. »Nein, Uschi, nein.« Er ging an ihr vorbei und verließ auf dem schnellsten Weg das Schulgebäude, setzte sich in sein Auto und fuhr los. Gleich an der ersten Kreuzung übersah er ein von rechts kommendes Motorrad und hatte es nur der schnellen Reaktion des Fahrers zu verdanken, dass es nicht zu einem Unfall kam. Er zwang sich, besser auf den Verkehr zu achten, um sein Auto und sich heil nach Hause zu bringen, was ihm mit einiger Mühe auch gelang.

Er war völlig durcheinander, fühlte sich überrollt von Uschis Initiative und gleichzeitig geschmeichelt, dass sie, die so umschwärmt wurde, ihn wollte. In den nächsten Tagen mied er ihre Nähe, doch je mehr er ihr aus dem Weg ging, desto stärker fühlte er sich zu ihr hingezogen. In den Nächten lag er neben Angelika und dachte an Uschi. Er malte sich aus, wie es wäre, wenn sie bei ihm läge, seine Hände und Lippen ihren Körper liebkosen würden und ihre seinen. Dabei wurde ihm bewusst, wie selten er und Angelika noch

Zärtlichkeiten austauschten und wie oberflächlich ihre Berührungen geworden waren. Berührungen? Er fand das Wort falsch für das, was sie taten. Sie fassten sich an, aber sie berührten sich nicht mehr. Selbst wenn sie miteinander schliefen, was sie zwar nicht mehr so oft wie früher, aber immer noch ziemlich regelmäßig taten, passierte es nur noch hin und wieder, dass sie sich gegenseitig in die Höhe trieben. Ansonsten vollzogen sie den Geschlechtsakt als angenehme Pflicht. So jedenfalls sah er die Sache, wenn er in den Nächten neben Angelika lag und an Uschi dachte.

Plötzlich wird er durch einen Stoß gegen den Oberschenkel aufgeschreckt, und Uschi schaut ihn an. Sie deutet möglichst unauffällig nach vorn, wo der Regierungsschuldirektor steht. Er und alle anderen scheinen nur auf Beckstein gewartet zu haben. Ihre Blicke spießen ihn auf, er fühlt, wie das Blut aus seinen Adern schießt und wie er schrumpft. So hat er sich zum letzten Mal in der elften Klasse gefühlt, als Gymnasialprofessor Timmerlin ihn in einer Geografiestunde aufrief, obwohl – nein, weil er nicht aufgepasst hatte. Er schaute nach vorn, sah Timmerlins Blick und war nur noch Opfer.

»Wir warten!«, sagte Timmerlin mit seiner blechernen Stimme.

Neben und hinter Beckstein wurde getuschelt. »Der Monsun ist für Indien Segen und Fluch zugleich«, hörte er jemanden flüstern und ahnte, dass es sich dabei um die erwartete Antwort auf die von Timmerlin gestellte Frage handelte. Er wollte sich die Worte zurechtlegen, aber seine Zunge lag wie betäubt im Mund. Timmerlin stand wippend vor der Tafel, ohne seinen sich immer tiefer bohrenden Blick aus Beckstein zu ziehen. Mehrere Mitschüler meldeten sich. Aber Timmerlin beachtete sie nicht. Erst der Pausengong erlöste Beckstein.

Der Regierungsschuldirektor ist etwas gnädiger, kann sich einen verbalen Seitenhieb allerdings nicht verkneifen. »Nachdem nun alle nicht nur körperlich, sondern auch geistig anwesend sind, möchte ich diese Einführungsrunde, die mir ein zureichendes Meinungsbild verschafft hat, mit zwei Zitaten aus der *ZEIT* abschließen. Dort stand in einem der vielen Artikel zur PISA-Studie unter anderem:

›Im Klassenzimmer entscheidet sich, ob eine Schule gut oder schlecht ist. Und da sieht Deutschland nicht gut aus: Im Mathematikunterricht pauken die Schüler hierzulande Lösungswege nach Schema F; im Physikunterricht führt der Lehrer dem zur Passivität verdammten Publikum Experimente vor. Besser als Deutschland schnitten jene Länder ab, deren Schüler aktiv und mit Mut zu Fehlern den Unterricht mitgestalteten.

Wenn der Unterricht als Hauptproblem erkannt wird, wird auch die Lösung sichtbar: Die Lehrer müssen neu lernen, wie sie Kindern etwas beibringen. Auch sie müssen sich an Regeln gewöhnen, die in anderen Berufen üblich sind: Hilfe, Kritik und Kontrolle durch Kollegen und Vorgesetzte.‹

Und zu der Hamburger Lau-Studie, bei der untersucht wurde, was Kinder in verschiedenen Schularten innerhalb von zwei Jahren hinzulernen, war in der *ZEIT* Folgendes zu lesen:

›Der mit Abstand geringste Lernzuwachs zeigt sich in den Gymnasien. Der absolute Tiefpunkt wird ausgerechnet bei jener Kulturleistung gemessen, die das Gymnasium krönen soll: Beim Beherrschen der deutschen Sprache zeigen Gymnasiasten in den Klassen sieben und acht kaum messbaren Fortschritt.

Nun gerät das Gymnasium in den Fokus der Aufmerksamkeit.

›Es ist eben die Schule mit dem langweiligsten Unterricht‹, bemerkt eine Oberschulrätin in der Hamburger Schulbehörde, die anonym bleiben will. Und sie fügt hinzu, es sei auch die Schule mit der geringsten Kooperation unter den Lehrern.‹

Mir ist klar, dass Ihnen diese Zustandsbeschreibungen nicht gefallen. Uns im Oberschulamt gefallen sie auch nicht, und der Ministerin gefallen sie noch viel weniger, das dürfen Sie mir glauben. Aber wir können vor diesen Befunden nicht einfach die Augen schließen oder sie leugnen; das wäre ein kindisches Verhalten und würde an der Sachlage nichts ändern. Unser Land ist mehr als andere auf intelligente, gut ausgebildete junge Menschen angewiesen, wenn es nicht eines Tages große Probleme bekommen soll. Deshalb wird sich auch und gerade an den Gymnasien einiges ändern müssen.«

Er macht eine Pause und schaut in die Runde, sieht achtundzwanzig gestandene Lehrerinnen und Lehrer, von denen die meisten geduckt auf ihren Stühlen hocken, und scheint zufrieden zu sein.

»Bitte bilden Sie jetzt sieben Vierer-Gruppen«, fährt der Regierungsschuldirektor fort. »Jede Gruppe sucht sich ein Plätzchen, bespricht und notiert Vorschläge, wie der Unterricht verbessert werden könnte. In einer halben Stunde treffen wir uns wieder hier im Plenum.«

Sofort ist Beckstein hellwach. Er schaut zu Christine hinüber, sieht, dass der Mann neben ihr sie anspricht, ahnt, was er will, stellt erleichtert fest, dass sie ihm kein Gehör schenkt, sondern ihm, Beckstein, zunickt. Er springt auf, dass sein Stuhl polternd zu Boden fällt und wieder alle Augen auf ihn gerichtet werden. Doch diesmal prallen die Blicke an ihm ab.

»Was ist denn los?«, fragt Uschi.

»Nichts.«

»Und wo willst du hin?«

Sie erhält keine Antwort und geht hinter Beckstein her. Christine kommt ihm entgegen, sie stehen sich gegenüber, und er sieht nur noch ihre Augen.

»Wo setzen wir uns hin?«, fragt sie.

Das ist ihm egal, wenn er nur nah bei ihr ist.

»Kennt ihr euch?«, fragt Uschi, der nicht entgeht, wie Beckstein Christine anschaut.

»Äh … wir …«

»Ja«, antwortet Christine zu Becksteins Überraschung.

»Aus Tübingen«, fügt er hinzu und kann sich nur mit Mühe ein Lächeln verkneifen.

»So«, sagt Uschi und kündigt Christine mit einem Blick den Kampf an.

»Wir sind aber nur zu dritt«, sagt Christine und schaut sich um.

Ein Sportlehrertyp mit solariumgebräuntem Gesicht, der die Haare an die Stellen hingeföhnt hat, wo sie früher einmal von Natur aus waren, sitzt noch unentschlossen an seinem Platz.

»Hätten Sie Lust, zu uns zu kommen?«, fragt Uschi, was Beckstein überhaupt nicht gefällt.

»Gerne. Ich heiße Norbert Köppler«, stellt sich der Kollege vor.

»Ursula Richter, Christine Kaiser«, sagt Beckstein auf die beiden Frauen deutend und bemerkt Christines Staunen. »Mein Name ist Dieter Beckstein.«

Sie setzen sich an den freien Tisch neben der Tür.

»Jemand muss unsere Vorschläge notieren«, sagt Christine.

Die Männer winden, Uschi weigert sich. »Immer sollen die Frauen solche Sachen für euch machen.«

Christine zieht die Augenbrauen hoch und greift in ihre Tasche.

»Ich mach's«, sagt Beckstein.

»Das ist nett.« Christine lächelt ihn an.

Jetzt ärgert sich Uschi, dass sie sich nicht doch bereit erklärt hat.

Ein paar Augenblicke sitzen alle vier da und warten auf Vorschläge der anderen.

»Also«, sagt Beckstein, indem er seine Schreibbereitschaft demonstriert, »ich höre!«

Er hört vorwiegend Christine, die die Gruppenarbeit fast alleine leistet. Uschi ist mehr damit beschäftigt, sie und Beckstein zu beobachten, und Norbert Köppler wirkt ziemlich desinteressiert. Nur einmal wirft er ein: »Für den Sportunterricht trifft das alles nicht zu, da gelten ganz andere Kriterien.«

»Welche?«, möchte Christine wissen.

»Bei mir meine.«

»Und die wären?«, hakt sie spitz nach.

»Die stehen hier nicht zur Debatte.«

»Wenn wir uns alle auf diesen Standpunkt stellen, ändert sich nie etwas«, hält ihm Beckstein zu Christines Freude entgegen.

»Meinetwegen braucht sich auch nichts zu ändern«, entgegnet Norbert Köppler. »Die meisten Schüler freuen sich auf meine Sportstunden, und ich bin mit ihren Leistungen zufrieden.«

»Sie unterrichten doch sicher nicht nur Sport?«

»Leider«, sagt er. »Ich muss auch noch ein paar Stunden Erdkunde geben. Aber das Fach nimmt ja sowieso niemand ernst.«

»Das sehe ich ganz anders«, widerspricht die Geografielehrerin Uschi.

»Schön für Sie.«

Uschi muss sich beherrschen, dass sie dem Kollegen nicht gegen die Beine tritt. Der Schönling bildet sich wohl wer weiß was auf sein sportliches Aussehen ein. Dabei findet sie diese unnatürlich gestylten Typen widerlich. Ihr gefällt Beckstein mit seinem Bäuchlein und seinem backigen, weder von zu viel Sonne noch von Solariumbesuchen entstellten Gesicht hundertmal besser. Und deswegen wird sie noch einmal um ihn kämpfen, jetzt, wo das Schicksal sie in Gestalt der PISA-Studie nach so vielen Jahren wieder zusammengeführt hat.

# 5

Angelika will nicht ins Gefängnis. Sie nimmt zwar an, dass sie vielleicht mildernde Umstände bekäme, aber mit ein paar Jahren müsste sie selbst bei einem guten Anwalt rechnen. Ein paar Jahre im Gefängnis kann sie sich nicht vorstellen. Das kann wahrscheinlich niemand, und wenn man dann drin ist, gewöhnt man sich auch daran. Der Mensch gewöhnt sich doch an fast alles. Warum kann sie sich dann nicht an das Leben mit ihrem Mann gewöhnen? Das hat sie ja, zu sehr und zu lange hat sie sich daran gewöhnt, bis sie merkte, wie sie dabei verlorenging. Aber ein paar Jahre Gefängnis für die Befreiung von ihm wäre ein zu hoher Preis. Sie ist nicht bereit, den auch noch zu bezahlen, denn sie fühlt sich unschuldig.

Und was würde aus ihren Kindern? Sie kann ihnen nicht den Vater nehmen und dann im Gefängnis verschwinden. Benjamin und Anne sind zwar schon achtzehn und sechzehn, aber wie sollen sie ohne Vater und Mutter leben? Andererseits leben sie zunehmend ihr eigenes Leben. Angelika überlegt, was sie eigentlich vom Leben ihrer Kinder weiß. Beide gehen ins Gymnasium und sind recht gut. Sie haben aufgehört, Volleyball zu spielen und Geigenstunden zu nehmen. Benjamin sitzt gern am Computer, Anne liest viel. Und beide gehen immer öfter und immer länger weg. Wohin sie gehen, mit wem sie zusammen sind und was sie tun, darüber reden sie ungefragt gar nicht und gefragt wenig. Sie entziehen sich immer mehr, und als Mutter hat man immer weniger Einfluss; man ist nur noch dazu da, alles bereitzustellen, was sie beanspruchen. Angelika hört plötzlich die Stimme ihrer Mutter, die ihr mit ähnlichen Worten oft Undankbarkeit vorwarf. Unwillkürlich schüttelt sie den Kopf, weil sie nie so werden wollte. Und nun ertappt sie sich bei Muttergedanken.

Bin ich ihr vielleicht ähnlicher, als ich dachte? Klar, als Ehefrau und Mutter habe ich wahrscheinlich ähnliche Erfahrungen gemacht wie sie. Jung verheiratet, früh zwei Kinder, sparen müssen. Die Männer verdienten das Geld, wir wurden zu Hausfrauen und Müttern. Du hast diese Rolle zwar gelebt, aber nicht akzeptiert. Wie oft hast du uns Kinder wissen lassen, dass du wegen uns aus deinem Leben nicht das hast machen können, was ohne uns möglich gewesen wäre. Aber für Vater, der noch im Dritten Reich aufgewachsen ist, war klar, dass die Frau ins Haus gehört und die Kinder großzuziehen hat. Als wir dann groß waren und du mehr Zeit für dich gehabt hast, konntest du nichts mehr mit ihr anfangen. Wahrscheinlich hast du uns deshalb nicht losgelassen, hast dich weiter in unser Leben eingemischt, auch als wir schon eigene Familien hatten.

So bin ich doch nicht. Ich kümmere mich um Benni und Anne, will ihnen helfen, weil sie noch nicht erwachsen sind und uns brauchen. Uns? Wenn sie uns brauchen, darf ich ihnen weder den Vater nehmen noch mich. Und wenn ich mich danach richte, bestimmen sie weiter mein Leben, so wie sie es weitgehend bestimmt haben, seit sie auf der Welt sind. Ich will ihnen das nicht vorwerfen, denn beide waren Wunschkinder, und ich habe gern auf vieles verzichtet, weil sie mir viel gegeben haben. Aber manches können Kinder einem nicht geben, deshalb muss ich handeln, bevor es auch bei mir zu spät ist und ich wirklich so werde wie Mutter.

Angelika erreicht den Parkplatz, sieht, dass ein Mann bei ihrem Polo steht und hineinschaut. Sie geht schnell ein paar Schritte zurück, stellt sich hinter einen Baum und beobachtet, wie der Mann den Polo umkreist, sich umschaut, als suchte er jemanden, probiert, ob die Türen sich öffnen lassen, feststellt, dass das nicht der Fall ist, langsam in Richtung Wald geht, noch einmal stehenbleibt, zum Polo zurückschaut, dann den Reißverschluss seiner Jacke hochzieht und sich mit großen Schritten auf den Weg macht, der knapp fünf Meter an Angelika vorbeiführt. Sie hat den Mann schon mal gesehen, kann aber im Moment nicht sagen wo. Sie wartet, bis er außer Sicht ist, dann wagt sie sich hinter dem Baum hervor, läuft fast, hat das Gefühl, verfolgt zu werden, schaut erst zurück, als sie ihr Auto erreicht, schließt hastig auf, setzt sich hinein und hofft, dass der Motor gleich anspringt. Er tut ihr den Gefallen, und sie fährt los, dass die Steine spritzen. Erst auf der Straße fühlt sie sich sicher, hält kurz an und zieht die warme Jacke aus.

Während der Fahrt versucht Angelika krampfhaft, aus ihren Erinnerungen hervorzukramen, woher sie den Mann kennt. Es gelingt ihr nicht, und das beunruhigt sie. Warum war er ausgerechnet heute auf dem Lochen, und warum hat er sich so für meinen Polo interessiert? Das kann doch kein Zufall sein, aber es muss ein Zufall sein. Sonst würde es ja bedeuten, dass er mir gefolgt ist. Und warum sollte er das? Ich habe doch nichts getan – noch nicht. Und für einen Mord, den ich noch nicht begangen habe, kann ich auch nicht verfolgt werden. Vielleicht ist der Mann ein heimlicher Verehrer, der mich schon länger beobachtet und mir folgt, vielleicht ein ehemaliger Patient. Vielleicht spinne ich auch schon und sehe Verfolger, wo gar keine sind. Wie soll das dann erst nach dem Mord werden? Halte ich das aus, oder werde ich langsam verrückt und stelle mich irgendwann, damit alles vorbei ist und ich im Gefängnis meine Ruhe habe? Was soll denn das, was rede ich mir denn da ein? Wahrscheinlich war der Mann einer von den wachsamen Bürgern, die in Autos schauen, wenn sie am Vormittag einsam auf dem Lochenparkplatz stehen. Es könnte ja ein Toter drin sitzen.

Angelika ist so in Gedanken, dass sie ihren Polo auf der abschüssigen Straße zu schnell werden lässt, die nahende Kurve zwar sieht, aber nicht darauf reagiert, im letzten Augenblick die Situation begreift, auf Bremse und Kupplung drückt, das Lenkrad mit beiden Händen festhält und gegenlenkt, um den schlingernden Polo am Ausbrechen zu hindern. Das gelingt ihr, doch sie schafft es nicht mehr in die Kurve, wird von den Schieb- und Fliehkräften weitergetrieben, rutscht mit den Vorderrädern von der Straße in einen kleinen Graben, der die Fahrt endgültig stoppt.

Sie rührt sich nicht, ist benommen, braucht eine Weile, bis sie sich wieder spürt und aussteigen kann, zitternd und mit weichen Knien. Auf den ersten Blick scheint der Polo unbeschädigt, und Angelika ist erleichtert. Sie setzt sich wieder hinein, startet den Motor, der ohne Schwierigkeiten anspringt, legt den Rückwärtsgang ein, lässt die Kupplung vorsichtig kommen, gibt Gas und würgt den Motor ab. Sofort versucht sie das Ganze noch einmal, nur mit mehr Gas, so dass die Räder durchdrehen.

»Scheiße! Scheiße! Scheiße!«, schreit sie und hämmert auf das Lenkrad ein. Dann kommen ihr die Tränen. Sie beugt sich nach vorn, legt die Stirn auf die Arme und möchte am liebsten weg sein, weit, weit weg.

Nach einer Weile steigt sie wieder aus und geht um ihren Polo herum. Bis jetzt war Angelika froh, dass kein Auto kam, weil es sonst vielleicht gekracht hätte und weil so niemand Zeuge ihres Missgeschicks geworden ist, für das sie sich schämt. Doch nun wünscht sie sich Hilfe herbei. Wenn ich wenigstens das Handy hätte, dann könnte ich jemanden anrufen. Aber das hat natürlich er mitgenommen, weil er und seine Interessen immer wichtiger sind als ich und meine. Seit Jahren ist …

Von unten nähert sich röhrend ein schwarzer Golf. Angelika stellt sich an den Straßenrand, sieht, dass der Golf mit jungen Leuten voll besetzt ist, von denen zwei im Vorbeifahren Grimassen schneiden.

»Arschlöcher!«, ruft sie ihnen hinterher und hofft, dass sich Benjamin und Anne in so einer Situation anders verhalten würden.

Bevor sie lange über die jungen Leute nachdenken kann, nähert sich das nächste Auto. Angelika überlegt, ob sie winken soll, lässt es aber bleiben, weil schon von weitem zu sehen ist, dass sie Hilfe braucht, und wer das nicht sehen will, soll lieber weiterfahren. Der blaue BMW wird langsamer, hält an, und ein Mann in Angelikas Alter steigt aus. »Kann ich Ihnen helfen?«

»Das wäre nett.«

Er geht um den Polo herum. »Haben Sie schon versucht, rückwärts rauszufahren?«

Sie nickt. »Es geht nicht, die Räder drehen durch.«

»Darf ich mal probieren?«

»Bitte«, sagt sie nur, weil sie die Frage und die Art, wie er sie gestellt hat, ärgert.

Der Mann setzt sich hinein, schiebt den Sitz zurück, lässt den Motor an und spielt gefühlvoll mit Kupplung und Gas, hat keinen Erfolg, legt eine härtere Gangart ein, wird aggressiver und gibt nach dem fünften Versuch verärgert auf. »Nichts zu machen, der Bock sitzt fest.«

Angelika freut sich.

»Da hilft nur eins: rausziehen. Haben Sie ein Abschleppseil?«

»Weiß nicht, ich hab noch nie eins gebraucht.« Sie öffnet den Kofferraum, beugt sich vor und hebt die zusammenklappbare Einkaufskiste hoch, da spürt sie ihn plötzlich über sich, mit seinen Händen nach ihren Brüsten greifend.

»He, Finger weg!« Sie stützt sich mit der einen Hand auf dem Boden des Kofferraums ab und schlägt mit der anderen nach seinen grapschenden Händen. »Sie sollen mich loslassen!«

Er verstärkt den Druck, so dass sie keine Chance hat, sich zu befreien. »Was kriege ich, wenn ich Ihren Polo rausziehe?«

»Wenn Sie mich nicht sofort loslassen, zeige ich Sie an!«

»Das würde ich nicht tun, weil jeder Sie fragen würde, warum sich eine Frau in Ihrem Alter wohl so aufreizend anzieht. Und dreimal dürfen Sie raten, was die Antwort wäre: Weil Sie eine geile Tussi auf Männersuche sind. Und jetzt haben Sie einen gefunden.« Er macht eindeutige Bewegungen mit dem Unterleib.

»Du Schwein!«, schreit sie und schlägt mit einem Fuß nach oben.

»Hör auf, du Schlampe, sonst …« Er spricht die Drohung nicht aus, nimmt die Hände von Angelikas Brüsten, umfasst blitzschnell ihre Beine und hebt sie hoch bis zu den Hüften. Dann greift er mit der linken Hand nach vorn und versucht, Angelikas Hose zu öffnen.

»Ich schreie!«

»Schrei nur, hier hört dich niemand.« Er nestelt am Hosenbund herum, Angelika windet sich.

»Stell dich doch nicht so an! Mach lieber mit, dann hast du mehr davon.«

»Hilfe! Hiiilfe!!«

Er schlägt sie in die Seite, packt den Hosenbund und will die Jeans aufreißen, da kommt ein Auto, hält an, der Mann lässt Angelika los, richtet sich auf, sie rappelt sich hoch, läuft über die Straße, klopft gegen die Scheibe und ruft: »Helfen Sie mir!«

Sofort ist der Mann neben ihr, der Fahrer lässt die Scheibe runter, will etwas sagen, kommt jedoch nicht zu Wort.

»Helfen Sie mir! Er wollte mich …«

»Ich wollte sie aus dem Graben ziehen, aber wir haben beide kein Abschleppseil dabei. Haben Sie eines?«

»Er lügt, er hat versucht …«

»Sie ist völlig durcheinander und redet wirres Zeug. Wahrscheinlich steht sie unter Schock.«

»Du Schwein!«

»Da hören Sie es selbst. Ich wollte ihr helfen und sie beschimpft mich als Schwein.«

»Du fieses, ekliges Schwein, dich bring ich um!«

»Nanana, junge Frau, nun beruhigen Sie sich mal«, sagt der ältere Herr im silbergrauen Mercedes.

»Haben Sie ein Handy?«

»Nein, aber ein Abschleppseil. Wenn Sie mich aussteigen lassen, kann ich es aus dem Kofferraum holen.« Er öffnet die Wagentür, Angelika und der Mann machen zwei, drei Schritte zurück, damit der ältere Herr aussteigen kann. Er geht zum Kofferraum, Angelika bleibt dicht neben ihm, er holt ein Abschleppseil heraus und streckt es dem Mann entgegen.

»Von dem lasse ich mich nicht abschleppen«, sagt Angelika sofort.

»Nun seien Sie doch vernünftig. Ich verstehe ja, dass Sie durcheinander sind, aber Sie können froh sein, dass der Mann Ihnen helfen will, obwohl Sie ihn übel beschimpft haben.«

»Wenn Sie wüssten«, murmelt Angelika resignierend.

Der Herr geht nicht darauf ein, gibt dem Mann das Abschleppseil und geht mit ihm zum Polo.

»Frauen und Autos!« Der Mann zwinkert dem Herrn zu.

»Ein Unfall kann jedem mal passieren.«

»Klar«, sagt der Mann, »kommt nur drauf an, wo und wie.« Er macht das Seil am Polo und an seinem BMW fest.

»Nun setzen Sie sich schon in Ihr Auto«, sagt der Herr zu Angelika. »Ich habe nicht ewig Zeit, und der Mann bestimmt auch nicht.«

»Ganz richtig.«

Angelikas Beine gehen zu ihrem Polo, heulend setzt sie sich hinein.

»Handbremse auf! Gang raus!«, ruft der Mann.

Die Handbremse ist offen, Angelika will die Kupplung treten, um den Gang herauszunehmen, erreicht kaum die Pedale, weil der Sitz so weit hinten ist, weiß im Moment nicht, wohin sie greifen muss, um ihn nach vorne zu schieben, macht das linke Bein lang, stellt den Schalthebel auf Leerlauf, hört das fragende »Fertig?« und spürt, wie der Polo ruckartig nach hinten gezogen wird und Sekunden später auf der Straße steht.

»Na, sehen Sie«, sagt der ältere Herr, »ist doch alles gut gegangen. Und so wie es aussieht, können Sie sogar weiterfahren. Jetzt brauchen Sie nicht mehr zu weinen.«

Kaum hat der Mann das Abschleppseil entfernt, startet Angelika den Motor und fährt davon, obwohl sie mit ihren verheulten Augen alles verschwommen sieht. Sie kann keinen klaren Gedanken fassen, ist noch zu aufgewühlt von allem. So dürfte sie eigentlich nicht Auto fahren. Aber sie will weg, nichts als weg.

Es dauert nicht lange, da bemerkt sie im Rückspiegel den blauen BMW, drückt unwillkürlich aufs Gas, doch mit ihrem alten Polo kann sie den BMW nicht abschütteln.

Was will der Kerl von mir? Wieso verfolgt der mich? Ob er es noch mal bei mir versuchen will? Ich darf nicht anhalten und ich darf nicht nach Hause fahren, sonst weiß er, wo ich wohne. Der muss sich ja verdammt sicher fühlen, dass ihm nichts passiert, wenn er mich vergewaltigt. Ich hab mal gelesen, dass viele Frauen nicht zur Polizei gehen, weil den meisten sowieso nicht geglaubt wird, dass sie vergewaltigt worden sind. Oder sie seien mit schuld, weil sie die Männer durch aufreizendes Verhalten ermuntert hätten. Sollen wir vielleicht herumlaufen wie unsere Großmütter, damit uns die Kerle in Ruhe lassen? Das ist doch unglaublich! Die dürfen uns begrapschen und vergewaltigen, und wir müssen uns dann noch anzügliche Bemerkungen und Vorwürfe gefallen lassen.

Angelika fährt durch Weilstetten und auf die Bundesstraße in Richtung Ebingen. Der BMW ebenso.

Vielleicht wollte er ja ohnehin in diese Richtung fahren, und das hat gar nichts mit mir zu tun. Aber warum überholt er dann nicht? Der könnte doch locker an meinem Polo vorbeiziehen. Mal sehen, was er tut, wenn ich nur noch achtzig fahre. – Er bleibt hinten, obwohl jetzt kein Auto entgegenkommt. Das ist nicht zu fassen. Warum hab ich nur kein Handy? Scheiß Männer! Noch heute kauf ich mir ein Handy! Nein, sonst habe ich ja zwei, wenn er tot ist. Ich kauf mir lieber gleich eine Pistole, dann kann ich die Kerle abknallen, wenn sie mir zu nahe kommen. Aber jetzt muss ich das Schwein dahinten erst mal loswerden.

Angelika verlässt die Bundesstraße und fährt eine Abkürzung, die nur Einheimische kennen, doch der BMW bleibt hinter ihr. Auf einem völlig unüblichen Weg nähert sie sich der Innenstadt, gefolgt vom blauen BMW, steuert das Polizeirevier an und hält auf einem Parkplatz, der für Polizeiautos reserviert ist, steigt sofort aus und läuft zum Eingang, dreht sich um und sieht, wie der Mann ihr im Vorbeifahren den Stinkefinger zeigt. Sie rennt bis zur nächsten Kreuzung, um zu sehen, ob er irgendwo anhält, stellt erleichtert fest, dass er weiterfährt, rennt zurück zu ihrem Polo, steigt ein, fährt los und durch Seitenstraßen nach Hause.

# 6

Beckstein sehnt die Mittagspause herbei. Ihn interessiert das ganze Gerede hier nicht. Er wird auch in Zukunft wie bisher unterrichten, sonst müsste er ja seine vorbereiteten Stunden ändern oder gar wegwerfen, wo in denen doch so viel Arbeit steckt. Wer in meinem Unterricht etwas lernen will, kann es, und wer nicht will, ist selber schuld. Ich werde mich jedenfalls nicht zum Motivationsclown machen, um Schüler bei Laune zu halten, die gar nicht aufs Gymnasium gehören. Wenn man nach dem vierten Schuljahr wieder schärfer sieben und nur die Besten zu uns lassen würde, dann gäbe es viele Probleme überhaupt nicht. Das darf man ja heute nicht laut sagen, sonst gilt man gleich als reaktionär und elitär. Dabei soll das Gymnasium doch die Elite unseres Landes heranbilden, aber wie können wir das, wenn Hinz und Kunz vor uns sitzen? Das gehört auch zu den Dingen, die wir den Achtundsechzigern zu verdanken haben. Nichts gegen Arbeiter, aber wie sollen aus Familien, wo die Väter Bild-Zeitung lesen und nur Fußball im Kopf haben und die Mütter diese ganzen Herz-Schmerz-Blätter verschlingen und stundenlang hirnlose Sendungen glotzen, wo Literatur und Kunst Fremdwörter sind, wie sollen aus solchen Familien Kinder kommen, die fürs Gymnasium geeignet sind? Denen fehlen einfach wichtige kulturelle Voraussetzungen, egal wie intelligent und fleißig manche von ihnen sein mögen. Die gehören auf andere Schulen und fertig.

Als sie vom Regierungsschuldirektor endlich in die Mittagspause geschickt werden, lässt Beckstein Christine nicht aus den Augen und schafft es trotz Uschi, sich ihr gegenüberzusetzen. Obwohl er seit dem Frühstück nichts gegessen und Hunger hat, isst er nicht viel, weil er zu sehr damit beschäftigt ist, Christine zuzuhören, die nicht abschalten kann und auch beim Essen weiter von Schülern und Schulen redet, was ihn fasziniert und stört. Er schätzt sie auf

Anfang bis Mitte vierzig und fragt sich, wie man in diesem Alter, in seinem Alter, noch so engagiert sein kann. Wenn er an seine Kolleginnen und Kollegen am Schiller-Gymnasium denkt, fallen ihm höchstens eine Handvoll von dieser Sorte ein. Heimlich beneidet er sie um ihre Freude am Beruf und an der Arbeit, die ihm mit den Jahren abhandengekommen ist; aber genau deswegen nerven sie ihn und die meisten anderen mit ihrem Eifer. Ebenso wie Christine jetzt nervt.

Zwei Kollegen am Tisch reden demonstrativ lauter.

»Und wie haben Sie das finanziert?«

»Ich hatte in letzter Zeit ein glückliches Händchen an der Börse.«

»Ach, Sie sind auch Börsianer, ist ja interessant. Und mit welchen Aktien haben Sie Geld verdient, wenn ich das fragen darf?«

»Als Nokia vor vier Monaten in drei Tagen um fünfundzwanzig Prozent abgestürzt ist, habe ich eine alte Börsenweisheit beherzigt: Kaufen, wenn die Kanonen donnern! Ich habe tausend Optionsscheine gekauft, die sich innerhalb von drei Monaten mehr als verdoppelt und mir fast fünfzehntausend Euro Gewinn gebracht haben.«

»Pah!!«, macht der andere beeindruckt. »Sind Optionsscheine nicht ein bisschen riskant?«

»Das schon, aber bei mir hat sich das Risiko gelohnt.«

»Und was halten Sie von der New Economy? Kann man da wieder einsteigen oder sollte man lieber auf DAX-Werte setzen?«

»Von der New Economy lasse ich die Finger; ich sage nur EM.TV, Intershop, Comroad. Das hat nichts mit Kapitalanlage zu tun, das ist Zocken. Ich bevorzuge gute amerikanische Werte wie Coca-Cola, Medtronic oder Philipp Morris und europäische Global Player wie L'Oréal, Aegon und SAP. Wenn einer von denen mal stark fällt, spekuliere ich mit Optionsscheinen auf eine Erholung. Das ist meine Strategie.«

»Klingt interessant – und fast so wie die Strategie des Stuttgarter Aktien-Clubs mit seiner Zeitschrift Börse Aktuell.«

»Richtig, bis auf die Optionsscheine. Die lehnen die Stuttgarter ja ab. Aber ein bisschen Nervenkitzel braucht ein richtiger Börsianer hin und wieder. Dadurch wird das Ganze doch erst richtig reizvoll.«

»Ich fände es reizvoll, wenn Sie Ihr Börsengespräch etwas leiser führen könnten«, mischt sich Christine ein. »Hier sitzen auch Leute, die keine Börsianer sind und andere Interessen haben.«

»Ja, Schule und Schüler, wir wissen es«, sagt der mit dem glücklichen Händchen in einem Ton, der Angewidertsein und Ekel ausdrückt.

»Ich finde, es ist viel zu schönes Wetter, um hier drin zu sitzen und über Schule zu reden«, unterstützt ihn der Andere.

»Sie sagen es, und deswegen mache ich jetzt einen Spaziergang, damit ich nichts mehr davon hören muss.«

»Darf ich mitkommen?«

»Wenn Sie mir nichts über Schule erzählen wollen, gern.«

»Wir könnten auch ein bisschen gehen«, schlägt Beckstein vor. »Ich glaube, frische Luft würde nicht nur den Kollegen guttun.«

»Ich leg mich lieber ein wenig hin.« Christine schiebt ihren Teller weg, tupft den Mund ab und steht auf. »Bis später«, sagt sie, ohne jemanden direkt anzusehen.

»Ich geh mit dir«, sagt Uschi.

Beckstein, der Christine nachschaut, spürt ihre Hand auf seinem Schenkel, dreht langsam den Kopf, öffnet schon den Mund, um zu sagen: Ich lege mich auch ein wenig hin, was ihm ihr Blick unmöglich macht, weshalb er nickt.

»Ich geh schnell auf mein Zimmer, bin gleich wieder da.« Und es dauert tatsächlich keine fünf Minuten, bis sie mit neu gefärbten Lippen und frühlingshaft duftend neben den draußen wartenden Beckstein tritt.

»Das ging aber wirklich schnell.«

»Damit wir die Zeit nützen können.«

»Dann komm.«

Sie gehen an dem gefängnishaften Gebäude entlang zur Straße, überqueren sie und verschwinden auf einem schmalen Weg im benachbarten Wald. Mit dem Eintauchen in diese stille, andere Welt werden die Erinnerungen vielfältiger und deutlicher.

»Weißt du noch, als wir uns beim Wandertag zurückfallen ließen und unsere Aufsichtspflicht völlig vernachlässigten, um ein paar Minuten Zeit für uns zu haben?«

»Zum Glück ist nichts passiert.«

»Es ist sogar sehr viel passiert«, sagt sie und greift nach seiner Hand, die er ihr lässt. »Und beim Ausflug an den Bodensee, als die Schüler sich nach Pfahlbauten und Droste-Hülshoff-Museum weigerten, noch mehr Kultur zu sehen und nur noch durch Meersburg bummeln wollten, da hast du ihnen und uns eine Stunde zur freien Verfügung gegeben. Doch bevor wir ein sicheres Plätzchen gefunden hatten, war die Stunde schon um.«

»Mhm«, macht er und weiß noch genau, dass er damals die Schüler zum Teufel gewünscht hat.

»Aber am schönsten war es im Landschulheim. Die Tage und Nächte dort mit dir, das war wie Mann und Frau sein – obwohl die Jugendherberge ja nicht gerade sehr liebesfreundlich ausgestattet war.«

Ein Lächeln huscht über sein Gesicht.

Sie bleibt stehen, lässt seine Hand los, streichelt seine Wangen und küsst ihn auf den Mund. »Weißt du noch, was du damals im Medienraum gesagt hast?«

»Das geht nicht.«

Sie küsst ihn noch einmal und flüstert: »Siehst du, es geht.«

Er nimmt sie in die Arme, drückt sie an sich und küsst sie so wild, fast schon gewalttätig, dass sie erschrickt, ihr Mund seinen Lippen und seiner Zunge einen Augenblick wehrlos ausgeliefert ist, bis sie sich fängt und ihm nichts schuldig bleibt. Ihre Hände schieben sich unter seinen Pulli, ziehen Hemd und Unterhemd hoch, um seine Haut zu berühren, er greift nach ihren Brüsten, zuerst auf dem Sweatshirt, dann darunter, zwängt die rechte Hand von oben in den BH, streichelt, reibt, knetet und küsst sie dazu.

Uschi macht sich sanft los, streift das Sweatshirt langsam über den Kopf und lässt es zu Boden fallen, greift nach hinten, öffnet den BH-Verschluss, was ihre Brüste mit einem Abwärtsruck quittieren, schafft es mit ein paar geschickten Bewegungen, dass der BH über Schultern und Arme gleitet und auf dem Sweatshirt landet. Beckstein findet Uschis Brüste immer noch schön, auch wenn sie nicht mehr so rund und straff sind wie damals beim Wandertag, als er sie zum ersten Mal gesehen und gestreichelt hat.

»He, was machen Sie denn da?«

Die beiden erschrecken. Uschi greift nach ihrem Sweatshirt und bedeckt ihre Brüste.

Etwa zehn Meter entfernt steht ein Mann, der seiner Kleidung nach Förster sein könnte.

»Was glotzen Sie denn so?«, ruft Beckstein. »Haben Sie noch nie ein Liebespaar gesehen?«

»Ich seh vor allem, was Liebespaare zurücklassen: Flaschen, Papier, Pariser und solche Sachen. Aber mein Revier ist kein Liebesnest und kein Müllplatz, merken Sie sich das!«

»Spielen Sie sich doch nicht so auf, Sie …«

»Nicht«, sagt Uschi und legt die Hand auf Becksteins Arm. »Das bringt doch nichts.« Sie wendet sich von dem Mann ab und zieht sich an.

»Tut so, als ob das sein Wald wäre, dieser Spanner«, brummt Beckstein. »Wo leben wir denn?«

»Du hast ja recht, aber sich mit dem anzulegen, lohnt sich nicht; das kostet nur unnötig Nerven.«

Auf dem Rückweg gehen sie Hand in Hand.

»Ich fand schön, was du zu dem Förster gesagt hast.«

»Wie bitte?«, fragt er überrascht.

»Nicht alles natürlich, aber einen Satz: Haben Sie noch nie ein Liebespaar gesehen?«

»Ach so.«

»Ich freu mich, dass du uns ein Liebespaar nennst.«

Er sagt nichts.

»Sind wir denn eins?«

Er zieht die Schultern hoch. »Das geht alles so schnell.«

»Schnell?« Sie lacht kurz auf. »Sechzehn Jahre hat es gedauert, wieder dahin zu kommen, wo wir schon einmal waren.«

»Das meine ich nicht, ich meine, jetzt geht alles so schnell. Ich fahre hierher zu dieser bescheuerten Tagung ...«

»Und verguckst dich gleich in eine Kollegin, die Christine heißt. Dann tauche ich auch noch auf und mit mir die Erinnerung an längst vergangene Zeiten. Das ist ein bisschen viel auf einmal, ich geb's zu.«

»Red nicht so.«

Sie schweigt.

Als sie den Waldrand erreichen, lässt er ihre Hand los. »Bist du ... bist du nicht ...«

»Verheiratet, meinst du.«

»Oder gebunden.«

Sie schüttelt leicht den Kopf. »Nein, ich war nie gebunden.«

Nach einer Pause fragt er leise: »Wegen mir?«

Sie nickt. »Ich habe nur dich geliebt.«

Er nimmt ihre Hand wieder, weiß nicht, was er sagen soll.

»Und du, du bist noch verheiratet.«

Jetzt nickt er.

»Und?«

»Was und?«

»Liebst du sie?«

Er schaut an Uschi vorbei. »Liebe ich sie? Nein, schon lange nicht mehr.«

»Und warum trennst du dich nicht von ihr? Dumme Frage, wegen der Kinder.«

»Nicht nur. Zwanzig Jahre wirft man nicht so leicht weg.«

»Aber wenn man sich nicht liebt, kann man doch nicht zusammenleben, für immer.«

Er lacht bitter. »Du bist naiv. Entschuldige, aber es ist so. Schau dich doch um, Millionen Paare leben zusammen, ohne sich zu lieben.«

»Ich könnte das nicht, und ich bin sicher, niemand kann das, ohne früher oder später krank zu werden.«

»Dann sind wir eine ziemlich kranke Gesellschaft.«

»Richtig, aber du und ich, wir könnten gesund und glücklich sein, wenn du endlich den Mut hättest, dich von ihr zu trennen.«

# 7

Anne und Benjamin sind überrascht, dass ihre Mutter zu Hause ist.

»Mir ging es heute Morgen nicht gut, deshalb habe ich auf der Station angerufen und mich krankgemeldet.«

Ihre Kinder fragen nicht nach, sie sind froh, dass das Essen auf dem Tisch steht, denn nach dem langen Vormittag sind beide hungrig. Benjamin nimmt einen Schlag Spaghetti, als hätte er seit Tagen nichts mehr gegessen.

»He, wir wollen auch noch was!«

»Du kannst dafür mehr Salat essen. Das ist sowieso besser für dich, sonst wirst du zu dick.«

»Blödmann!«, sagt Anne und boxt ihn auf den Arm.

»Es ist doch genug da, und ihr könnt alles aufessen«, sagt Angelika. »Ich mag nichts, höchstens ein wenig Salat.«

»Heute ist Englisch ausgefallen, weil der Edel mal wieder gefehlt hat«, beginnt Anne, »und niemand weiß warum. Das ist mindestens schon das zehnte Mal in diesem Schuljahr.«

»Das wird noch besser«, drückt Benjamin zwischen seinen vollen Backen heraus.

Angelika ermahnt ihn nicht.

»Wenn ihr die letzte Arbeit geschrieben habt, kommt er gar nicht mehr oder er zeigt euch nur noch Mister-Bean-Filme.«

»Deutsch war heute besser als ein Mister-Bean-Film. Der Hassler wollte ein Gedicht mit uns durchnehmen, aber niemand hat ihm zugehört, es herrschte das übliche Chaos. Plötzlich hat er eine Kreide auf den Boden gefeuert und ist wie das Rumpelstilzchen drauf rumgehüpft, bis sie nur noch Staub war. Dann ist er aus dem Zimmer gerannt und die ganze Stunde nicht mehr zurückgekommen.«

»Typisch Hassler«, sagt Benjamin. »Bei uns hat er sogar mal geflennt.«

»So solltet ihr mit euren Lehrern nicht umgehen«, sagt Angelika.

»Der Hassler hat es doch nicht anders verdient und ein paar andere auch nicht. Du solltest nur mal zwei, drei Tage in der Schule erleben, dann hättest du Mitleid mit uns, nicht mit denen. Soll ich dir sagen, wie das üblicherweise so abläuft, was die Unterricht nennen? Die meisten kommen erst mal zu spät, manche bis zu zehn Minuten. Dann stellen sie sich vorne hin und machen dort weiter, wo sie in der letzten Stunde aufgehört haben – wenn sie das noch wissen. Manchmal labern sie uns das Gleiche noch mal vor, weil sie in einer Parallelklasse noch nicht so weit waren, oder sie lassen etwas aus, weil sie dort schon weiter sind.«

»Das geht doch nicht«, sagt Angelika.

»In der Schule geht alles.«

»Aber da müsst ihr doch etwas sagen.«

»Sagen!« Benjamin lacht. »Du bist lieb, Mama. Was meinst du, wie oft wir das schon getan haben? Das ändert nichts. Nur dass die Lehrer denen, die es wagen, etwas zu sagen, schlechte Noten reindrücken.«

»Katrins Vater hat sich über den Ritzinger beschwert«, unterstützt Anne ihren Bruder. »Weißt du, was er dann zu uns gesagt hat? Wenn euch das Niveau bei mir nicht hoch genug ist, werde ich es bei der nächsten Klassenarbeit erhöhen. Seinen Unterricht hat er nicht geändert, aber die Arbeit war so hammerschwer und gemein, dass selbst die Besten höchstens eine Drei geschafft haben.«

Benjamin und Anne lassen sich nicht mehr bremsen, heute, wo ihr Vater nicht da ist und sie stoppt.

»Und selbst bei den besseren Lehrern hat man immer den Eindruck, sie wollen nicht prüfen, was wir gelernt haben und können, sondern was wir nicht können. Du kannst im Unterricht aufpassen und zu Hause büffeln wie verrückt, dann bauen sie in die Arbeit Fallen ein oder stellen Aufgaben, die man nicht behandelt hat; da kommen wir uns doch verarscht vor und fragen uns, wozu wir überhaupt noch lernen sollen.«

»So sind doch bestimmt nicht alle Lehrer«, meint Angelika.

»Nein, es gibt auch noch ganz andere, den Beinhauer zum Beispiel. Vor dem haben alle Angst, sogar die Dreizehner. Weißt du, was der zum Flori gesagt hat? ›Dass Sie nicht fähig sind, die Aufgabe zu lösen, das wissen wir. Reicht Ihre Intelligenz wenigstens, um sie uns vorzulesen?‹«

»Das ist wie beim Egerling. Der hat Steffi gestern an die Tafel gerufen. Sie hat gesagt, sie sei an der Tafel immer so aufgeregt, dass sie nicht rechnen könne. Das hätte ich mich bei dem nie getraut. Und wisst ihr, was er zu Steffi gesagt hat? Du kommst jetzt trotzdem nach vorn, dann prüfen wir mal eine Sechs.«

»Das glaube ich nicht«, sagt Angelika.

»Weil du keine Ahnung hast, was da abgeht«, sagt Benjamin. »Typen wie der Hassler und der Süßberg sind Lachnummern, mit denen alle nur Scheiß machen. Egerling, Beinhauer, Sattler und die Bofinger sind Schweine, die ihren Frust an uns Schülern auslassen.«

»Benni! Du sollst Menschen nicht als Schweine bezeichnen. Das tut man nicht.« Kaum hat sie den Satz ausgesprochen, wird Angelika bewusst, dass sie den Mann am Lochen auch Schwein genannt hat. Aber das war auch etwas anderes, der hat schließlich versucht, sie zu vergewaltigen. Und was hat der Egerling mit Steffi gemacht? Sie gegen ihren Willen nach vorn an die Tafel geholt und vor der ganzen Klasse bloßgestellt. Das ist doch auch eine Vergewaltigung!

»Benni hat recht«, sagt Anne, »manche sind wirklich so fies, dass man denkt, sie sind nur Lehrer geworden, um Schüler quälen zu können.«

»Gefahrlos quälen«, präzisiert Benjamin. »Was passiert denn dem Egerling, wenn er Steffi an der Tafel so fertigmacht, dass sie heult? Nichts passiert dem, gar nichts. Für solche Schweine ist Lehrer der ideale Beruf.«

»Und euer Vater, was ist der für ein Lehrer?«

Annie und Benjamin schauen sich an.

»Nach dem, was man so hört, ist er weder eine Lachnummer noch ein Schwein. Er scheint einer von denen zu sein, die ihren Stoff durchziehen, ohne sich viel um die Schüler zu kümmern. Sein Unterricht ist wohl nicht gerade umwerfend, aber man kann bei ihm trotzdem etwas lernen.«

»So ist es bei den meisten«, sagt Anne. »Nur bei fünf oder sechs macht der Unterricht Spaß. Zu denen gehört Papa anscheinend leider nicht.«

Benjamin nimmt die letzten Spaghetti und schüttet den Rest Hackfleischsoße drüber.

»Pass bloß auf, dass du nicht dick wirst!«

»Das gibt alles Muskeln.«

»Hättste gern.«

»Wirst schon sehen.«

Nachdem sämtliche Schüsseln und Teller leer sind, helfen Anne und Benjamin beim Abräumen. Dann verziehen sie sich.

Angelika setzt sich noch mal an den Tisch. Was weiß ich eigentlich von ihm? Er ist Lehrer für Deutsch und Geschichte. Früher hat er oft von der Schule erzählt, früher hatten wir viel Kontakt mit seinen Kollegen, und in Reutlingen sind wir anfangs sogar zum Lehrerkegeln gegangen. Das war unterhaltsam und manchmal richtig lustig, aber er fand es bald niveaulos, hat sich allerdings nicht getraut, das den anderen offen zu sagen, sondern immer öfter Ausreden gesucht, warum wir nicht kommen konnten. Und als Benni da war, gingen wir überhaupt nicht mehr hin. Dabei gab es vier Großeltern, die gerne Babysitter gespielt hätten. Ich hab nie verstanden, warum er die privaten Kontakte zu seinen Kollegen hat einschlafen lassen, bis es schließlich keine mehr gab. Mir hat es immer gefallen, unter anderen Leuten zu sein, auch wenn mir längst nicht alle seine Kolleginnen und Kollegen sympathisch waren. Aber was mir gefallen hat, war schon damals für ihn nicht mehr wichtig. Ich saß zu Hause mit dem Kleinen und bekam bald noch ein Kleines, damit hatte ich doch meine Aufgabe.

»Mama, ich brauche zehn Euro!«

»Wozu?«

»Ich muss den Mathe-Stark kaufen. Da sind alle Abi-Aufgaben der letzten Jahre mit den Lösungen drin. Für Mathe-Nieten wie mich ist das die letzte Chance.«

»Du bist keine Niete.«

»In Mathe schon. Aber keine Angst, damit kann ich ganz gut leben.«

Angelika versucht ein Lächeln. »Nimm dir das Geld.«

»Leg dich doch hin, wenn's dir nicht gut geht.«

»Das mach ich.«

Sie legt sich im Wohnzimmer auf die Couch und schaut an die Decke. Er ist also keine Lachnummer und kein Schwein. Damit gehört er anscheinend schon zu den besseren Lehrern. Das ist traurig. Angelika muss an den Elternabend denken, als es eine lange Diskussion um Annes Mathelehrer gab. Die Diskussion wurde umso hitziger, weil Herr Bonetzky nicht erschienen war, obwohl – vielleicht auch weil – »Probleme im Mathematikunterricht« auf der Tagesordnung stand. Das sei typisch, meinte ein Vater, Herrn Bonetzky würden weder die Schüler noch die Eltern interessieren, er habe nur Zahlen und Formeln im Kopf. Die könne er allerdings nicht vermitteln, weshalb auch die guten Matheschüler immer schlechter würden. Den Satz, mit dem der Klassenlehrer den Angegriffenen verteidigte, hat Angelika noch heute im Ohr: »Aber bösartig ist der Kollege Bonetzky doch nicht.«

Was sind das für Zustände, wenn schon positiv hervorgehoben wird, dass ein Lehrer nicht bösartig, keine Lachnummer und kein Schwein ist? Wie sollen die Kinder da gern in die Schule gehen? Es ist fast ein Wunder, dass sie trotz allem noch etwas lernen. Oder ist es vielleicht gar nicht so schlimm, wie die Kinder es darstellen? Aber den Satz mit dem »nicht bösartig« habe ich selber gehört. Und der ist wirklich ein Hammer. Als ob es schon eine ausreichende Qualifikation wäre, wenn ein Lehrer nicht bösartig ist. Das ist ja so, wie wenn ich einem Patienten seine Medizin nicht geben würde oder nicht zur vorgeschriebenen Zeit in der richtigen Dosierung, so dass der Heilungsprozess nicht wie gewünscht verläuft, und Dr. Vollmer würde zu den Patienten sagen: »Aber bösartig ist Schwester Angelika doch nicht.« Wahrscheinlich würde der Patient noch mehr an Dr. Vollmers Verstand zweifeln als an meinem und sofort das Krankenhaus wechseln. So müssten auch Schüler die Schule wechseln und damit auf die unmöglichen Zustände hinweisen. Die Frage ist nur, ob es an anderen Schulen besser ist.

Draußen läutet das Telefon, und Anne ist blitzschnell dran. Angelika spitzt die Ohren, kann jedoch nichts verstehen und überlässt sich wieder ihren Gedanken. Eine Lachnummer ist er nicht, das stimmt. Zu Lachen gab es wegen und mit ihm in den letzten Jahren nicht mehr viel. Dabei kann Lachen so guttun. Aber wie soll man miteinander lachen, wenn alles nur noch auf einer sachlichen Ebene abläuft? Wie in der Schule. Er zieht seinen Stoff durch, ohne sich um die Schüler zu kümmern, hat Benni gesagt. Er hat immer das gemacht, was ihm wichtig war, und nicht viel nach anderen gefragt. Anfangs hat er sehr viel Zeit für seine Unterrichtsvorbereitungen und Korrekturen gebraucht, später für Hölderlin. Nur als Benni und Anne klein waren, hat er seine Interessen für ein paar Jahre etwas zurückgestellt. Seit sie größer sind und mehr ihre eigenen Wege gehen, zieht er sich so oft wie möglich in sein Arbeitszimmer zurück und lässt mich mit dem Alltagskram allein.

Und ein Schwein? Der Mann vom Lochen taucht wieder auf, Angelika spürt seine Hände auf ihren Brüsten und riecht ihn, obwohl sie sofort geduscht hat, als sie nach Hause kam. So ist er nicht, er hat nie versucht mit mir zu schlafen, wenn ich nicht wollte, schon gar nicht mit Gewalt. Das ist ja auch selbstverständlich oder sollte es wenigstens sein. Leider ist es das nicht. Was sind das für Männer, die Frauen vergewaltigen? Was ist der vom Lochen für einer? Ob er so etwas schon öfter getan hat? Oder bei mir das erste Mal? Wahrscheinlich hat ihn mein Hintern gereizt, als ich mich in den Kofferraum beugte. Ob er verheiratet ist? Vielleicht hat er sogar Kinder. Wie kann er denen noch in die Augen schauen? Wie kann er mit seiner Frau wieder schlafen, als wäre nichts gewesen? Vielleicht vergewaltigt er sie auch, oder er schläft gar nicht mehr mit ihr oder sie nicht mit ihm. Vielleicht hat er eine starke Frau, die ihn dominiert, und er macht sich deswegen an andere Frauen ran, denen er sich überlegen fühlt. Gleich hab ich noch Mitleid mit diesem Schwein, so weit kommt's noch!

Nein, so ein Schwein ist er jedenfalls nicht. Und auch keins in der von Benni und Anne gemeinten Art. Ich kann mir auch nicht vorstellen, dass er Schüler beleidigt und quält. Dazu sind sie ihm nicht wichtig genug. Außerdem wäre das unter seinem Niveau. Aber schmuddelige Pornos als Wichsvorlage zu benutzen, ist auch nicht gerade sehr niveauvoll. Das hat schon etwas Schweinisches, auch wenn er damit niemand beleidigt oder quält. Niemand? Doch, mich. Mich hat er beleidigt, weil er es mit diesen stöhnenden Dingern trieb, als wir noch miteinander schliefen. Das war kein Ehebruch – und doch war es einer.

Anne streckt den Kopf zur Tür herein. »Ich geh zu Franzi.«

»Hast du keine Hausaufgaben?«

»Mach ich später.«

»Du weißt …«

»Ich muss was Wichtiges mit Franzi besprechen.« Und schon ist sie weg.

Angelika richtet sich auf, will ihr etwas hinterherrufen und weiß im gleichen Augenblick, dass es zwecklos ist. Sie verharrt ein paar Sekunden, hört die Haustür zufallen, lauscht Annes Schritten nach, bis sie verebben. Dann steht sie auf, geht ins Schlafzimmer, öffnet das Schränkchen, in dem die Medikamente aufbewahrt sind, nimmt zwei Packungen heraus und prüft den Inhalt. Das sind zu wenig. Ich brauche mehr, wenn es sicher sein soll. Aber kaufen kann ich keine, sonst wäre ich sofort verdächtig. Ich muss mir auf der Station welche besorgen, so dass es niemand merkt. Oder ich muss es anders machen.

# 8

Nach der Mittagspause ist Regierungsschuldirektor Bäumler gerade dabei, sein Programm für den Nachmittag zu erläutern, da wird die Tür vorsichtig geöffnet, zwei Nachzügler kommen herein, murmeln »Entschuldigung« und gehen schnell zu ihren Plätzen.

»Wie wollen Sie von Ihren Schülern Pünktlichkeit erwarten, wenn Sie selbst nicht pünktlich sind?«

»Wir haben uns bei einem Spaziergang mit der Entfernung verschätzt, weil wir hier fremd sind«, versucht sich einer zu rechtfertigen. »Das kann ja mal vorkommen.«

»Darüber möchte ich jetzt nicht mit Ihnen diskutieren.« Der Regierungsschuldirektor nimmt seinen abgebrochenen Satz wieder auf und bringt ihn zu Ende, wobei er den Zuspätkommenden noch mal einen vielsagenden Blick zuwirft. »Zuerst werde ich den aktuellen Stand der Diskussion über zeitgemäße Lehr- und Lernformen referieren, weil ich leider nicht davon ausgehen kann, dass Sie sich alle auf diesem Stand befinden.«

Vereinzelt sind gedämpfte Unmutsäußerungen zu vernehmen, die den Regierungsschuldirektor allerdings nicht beeindrucken. Er legt los, lässt keine Zwischenfragen zu, will zusammenhängend sprechen, damit die verschiedenen Ansätze und Theorien unzerstückelt bei den Adressaten ankommen.

»Das ist doch ein Witz«, flüstert Uschi. »Der will uns etwas über zeitgemäße Lehr- und Lernformen erzählen und tut das per Frontalunterricht.«

Darüber macht sich Beckstein keine Gedanken. Er ist froh, dass der Regierungsschuldirektor redet und er in Ruhe nachdenken kann.

Wir könnten gesund und glücklich sein. Wenn das stimmt, müssten wir sofort ein neues, gemeinsames Leben beginnen. Gesund und glücklich, davon träumen doch die meisten Menschen, und für uns sollte dieser Traum in Erfüllung gehen, ausgerechnet für uns? Womit hätten wir das verdient? Er schaut kurz zu Uschi, die seinen Blick auffängt. Du, weil du anscheinend sechzehn Jahre auf mich gewartet hast. Sechzehn Jahre, das gibt's normalerweise nur in kitschigen Liebesfilmen. Sechzehn Jahre, und wenn wir uns nicht zufällig hier begegnet wären, hättest du vermutlich weitere sechzehn Jahre auf mich gewartet, vielleicht sogar bis zu deinem Tod. Er schüttelt kaum merklich den Kopf. So sehr hast du mich geliebt, so sehr liebst du mich. Und ich habe all die Jahre kaum an dich gedacht. Anfangs noch mehr, dann immer seltener. Meine Liebe kann also nicht annähernd so groß gewesen sein wie deine, und jetzt sollte sie plötzlich ausreichen, um mit dir für den Rest unseres Lebens glücklich zu sein. Das kann ich mir beim besten Willen nicht vorstellen, so leid es mir tut. Und wie groß deine Liebe jetzt auch sein mag, ich bin sicher, sie wäre viel kleiner, wenn wir ein paar Jahre zusammengelebt hätten. Sie ist nur deshalb so groß geblieben, weil deine Vorstellungen, Phantasien und Träume nicht vom realen Zusammenleben heimgesucht wurden. Liebe leidet am Alltag und an der Gewöhnung. Sie geht daran zugrunde. Wir sind nicht für lebenslange Beziehungen geschaffen, schon gar nicht, seit wir achtzig Jahre und älter werden. Das widerspricht der menschlichen Natur. Bis dass der Tod euch scheidet, das heißt: lebenslänglich. Lebenslänglich ist die höchste Strafe, die ein deutsches Gericht aussprechen kann. Doch selbst die Lebenslänglichen haben das Recht, nach fünfzehn Jahren ein Gnadengesuch zu stellen, und die meisten werden vorzeitig entlassen. Nur mit einem Menschen, den man mit zwanzig Jahren irgendwo mehr oder weniger zufällig getroffen, in den man sich verliebt und den man geheiratet hat, soll man lebenslänglich zusammenbleiben müssen, unabhängig davon, wie beide sich entwickeln. Das ist viel verlangt, in vielen Fällen zu viel. Trotzdem bleiben die meisten zusammen, richten sich ein, bringen die Tage hinter sich, und mit der Zeit verblassen die Vorstellungen von anderen Leben. Heißt das Leben?

Beckstein schaut zu Christine hinüber, die sich Notizen macht. Er lässt sie nicht aus den Augen, bis sie den Kopf hebt und ihre Blicke sich treffen. Sofort spürt er etwas, was er lange nicht mehr gespürt hat, auch nicht vorhin mit Uschi im Wald. Das hat mit Leben zu tun, das ist Leben.

Mich an und mit Benni und Anne freuen, ist beglückend, in einem Buch Neues erfahren, ist bereichernd, in Schülergesichtern sehen, dass sie etwas begriffen haben, ist befriedigend, aber zu einem erfüllten Leben gehört mehr, gehört zu spüren, dass man einen Körper und ein Herz hat, dass Blut in einem pulsiert.

Ich muss mich von Geli trennen.

Kann ich Benni und Anne das antun? Was wird dann aus ihnen? Bei wem werden sie bleiben wollen? Bestimmt bei mir, ich hatte immer ein besseres Verhältnis zu ihnen als ihre Mutter. Aber könnte ich sie mit allem versorgen, was sie brauchen, auch mit dem täglichen Kleinkram? Würden sie mit Christine klarkommen? Vielleicht hat sie auch Kinder und würde die mitbringen. Möchte ich das? Möchte ich mich mit Kindern beschäftigen müssen, die nicht meine sind und die dann doch zu meiner Familie gehören? Was sind das für Kinder? Solche wie die, mit denen ich mich in der Schule herumschlagen muss? Nein, Christine hat bestimmt andere Kinder, solche wie Benni und Anne. Wo würden wir wohnen? Geli würde sicher nicht freiwillig ausziehen. Benni und Anne wahrscheinlich auch nicht. Also müsste ich raus, mit all meinen Büchern und sämtlichen Materialien für die Schule! Nein, das kann ich mir nicht vorstellen. Und dann das Haus mit allem, was drin ist, wie soll das verteilt werden, wem soll was gehören? Das gehört doch uns, das kann man nicht einfach aufteilen, genauso wenig wie Benni und Anne. Ich kann das jedenfalls nicht, und es ist mir ein Rätsel, wie das die vielen Leute machen, die sich trennen. Also doch lebenslänglich. Das kann ich mir zwar vorstellen, sogar sehr gut, weil ich dafür die Gegenwart nur in die Zukunft verlängern muss, doch genau das will ich nicht, jetzt nicht mehr. Ich will mit Christine ein neues Leben anfangen.

Er spürt eine Hand zärtlich über seinen Schenkel streicheln, spürt warmen Atem an seinem Ohr und hört Uschi flüstern: »Woran denkst du?«

»An nichts.«

Ach Uschi, arme Uschi, du bemühst dich umsonst. Mit uns wird es nichts, wieder nicht. Du bist nicht die Frau, mit der ich leben möchte, so leid mir das für dich tut. Und wenn Christine das Gleiche zu mir sagt: Du bist nicht der Mann, mit dem ich leben möchte. Vielleicht ist sie glücklich verheiratet und hat keinen Grund, sich ein neues Leben zu wünschen. Aber warum schaut sie mich dann so an? So hat sie bisher keinen anderen hier angeschaut, das ist kein Zufall, das ist mehr. Vielleicht sucht sie nur ein Abenteuer als kleine Abwechslung zwischendurch; vielleicht wäre das auch für mich eine Möglichkeit, alles beim Alten zu lassen und doch neu zu beginnen. Hin und wieder ein kleines Abenteuer oder noch besser eine Geliebte, damit ich mich nicht jedes Mal neu auf die Suche machen müsste, obwohl auch das bestimmt seinen Reiz hätte. Wenn Christine meine Geliebte wäre, könnten wir uns regelmäßig treffen, schöne Stunden miteinander erleben und dann wieder nach Hause fahren. Der Alltag würde unsere Liebe nicht töten, weil es für uns nur Feiertage gäbe. Und die Vorfreude auf den nächsten Feiertag ließe uns den Alltag besser überstehen. Zwischen Geli und mir würde sich dadurch nichts ändern, wir könnten beide weiter zu Hause leben und für die Kinder sorgen. Das könnte die Lösung sein.

Beckstein taucht auf, schaut zu Christine, die dem immer noch redenden Regierungsschuldirektor aufmerksam zuhört. Ein Blick in die Runde macht deutlich, dass sie damit zu den Ausnahmen gehört. Die meisten tun nur so, als würden sie zuhören, ihre Haltungen und Gesichtsausdrücke erinnern Beckstein an die seiner Schüler: Sich intelligent-interessiert stellen und dann abschalten. Den beiden Börsianern gelingt das nicht mehr, sie verlieren langsam den Kampf gegen die Müdigkeit und die Kontrolle über ihre Gesichter. Das bleibt dem Regierungsschuldirektor nicht verborgen. Er hält kurz inne, atmet tief ein und räuspert sich übertrieben. Die beiden schrecken auf, schauen mit großen Augen nach vorn, und sie sind nicht die Einzigen. Die Hände des Regierungsschuldirektors umklammern den Deckel des Stehpults, die Arme sind gestreckt, von vorne sieht es aus, als wolle er das Pult in den Boden drücken. Jetzt sind alle hellwach und erwarten mit angehaltenem Atem, was kommt.

»Ich könnte Ihnen jetzt einiges sagen, ganz besonders Ihnen beiden«, beginnt er gefährlich leise. »Aber ich bin sicher, das hätte nicht viel Wert. Deswegen nur so viel: Wenn Sie mit dem Interesse und Engagement, das Sie hier zeigen, unterrichten, werden Ihre Schüler bei der nächsten Untersuchung noch schlechter abschneiden als bei der PISA-Studie.«

Augen gehen in Deckung. Fäuste werden unter Tischen zu Waffen.

In die aggressive Stille hinein sagt Christine: »Halten Sie es für eine gute Methode, uns in einem Vortrag von« – sie schaut kurz auf die Uhr – »bisher siebzig Minuten die zeitgemäßen Lehr- und Lernformen nahezubringen?«

Augen kommen aus der Deckung und schauen Christine an, als müssten sich die Ohren verhört haben.

Ist die verrückt?, denkt Beckstein. Das kann sie doch zu dem nicht sagen!

Der Regierungsschuldirektor hat Mühe, die Fassung zu bewahren. »Ich habe Ihnen zu Beginn gesagt, warum ich das für notwendig halte, leider für notwendig halten muss. Mir wäre es auch lieber, wenn ich bei Ihnen allen mehr Wissen auf diesem Gebiet voraussetzen könnte. Aber die Erfahrung und die Ergebnisse verschiedener Untersuchungen zeigen deutlich, dass die Mehrzahl der Gymnasiallehrer neue Erkenntnisse und die daraus erwachsenen Konzepte und Reformen nicht zur Kenntnis nimmt und im alten Trott weitermacht.«

»Was heißt hier alter Trott?«, fragt der Mathe- und Physiklehrer. »Wir werden seit Jahren ständig mit neuen Konzepten bombardiert. Eine Reform jagt die andere, was gestern noch der letzte Schrei war, ist heute schon wieder überholt. Man hat das Gefühl, es gehe dabei weniger um die Verbesserung des Unterrichts als um die Profilierung von Politikern und Beamten in der Kultusbürokratie. Deswegen nehmen viele Kolleginnen und Kollegen die neuen Konzepte nicht ernst und halten lieber am Bewährten fest.«

»Das sich aber nicht bewährt hat, wie die von mir genannten Studien beweisen!« Die Adern an Hals und Schläfen des Regierungsschuldirektors drohen zu platzen. »Wir machen eine Pause«, zischt er und verlässt eiligen Schrittes den Raum.

# 9

Angelika ruft im Krankenhaus an und sagt, es gehe ihr wieder besser. Falls man sie brauche, könne sie sofort kommen.

Petra, die Stationsleitung, nimmt das Angebot gerne an, weil die Station zurzeit stark unterbesetzt ist und jede Hand gebraucht wird.

Angelika hinterlässt den Kindern eine Nachricht und macht sich auf den Weg ins Krankenhaus. Nachdem sie sich dort umgezogen hat, meldet sie sich bei Petra. Die berichtet kurz über den aktuellen Stand und sagt Angelika, was zu tun und zu beachten ist. »Herrn Waller von Zimmer 306 mussten drei Zehen entfernt werden. Frau Schwärtlein in Zimmer 309 wurde am Morgen eingeliefert. Sie ist Mutter von zwei kleinen Kindern und glaubt, dass zu Hause nun alles drunter und drüber geht, zumal ihr Mann zwei linke Hände hat und überhaupt kein Haushaltstyp ist. Das ist für sie ein größeres Problem als ihre Krankheit. Bei Frau Stolle in Zimmer 310 entscheidet sich heute, ob amputiert werden muss. Bis jetzt wirkt sie noch ganz gefasst. Das ist auch ein Verdienst ihres Sohnes, der gestern Abend und heute Vormittag lange mit ihr geredet hat. Ich habe selten einen Sohn erlebt, der seine Mutter so liebevoll auf eine wahrscheinliche Amputation vorbereitet hat. Trotzdem weiß man natürlich nicht, wie sie reagiert, wenn die Entscheidung dann wirklich negativ ausfällt.«

Angelika nickt. Sie erinnert sich an einen Mann, der die Nachricht, dass sein Bein amputiert werden müsse, äußerlich ruhig aufnahm. Doch kurz vor der Operation war er verschwunden. Man suchte ihn auf der Station und im ganzen Krankenhaus, rief bei ihm zu Hause an, schickte sogar einen Streifenwagen vorbei – umsonst. Die Polizisten konnten zwar an der Wohnungstür läuten und den Mann bitten zu öffnen, mehr aber nicht. Schließlich hatte er ja nichts verbrochen. Einige Zeit später stand er plötzlich vor dem Stationszimmer. Er sah erbärmlich aus, war angetrunken und bettelte heulend darum, ihm zu helfen, er wolle nur noch, dass die Schmerzen aufhören, alles andere sei ihm egal.

»Sonst war seit gestern nichts Besonderes«, beendet Petra ihren Bericht.

Angelika wirft noch einen Blick auf die Eintragungen in den Krankenblättern, dann macht sie eine Runde durch die fünf Zimmer, für die sie verantwortlich ist. Bei den Gesprächen merkt sie, dass sie nicht wie sonst auf die Patienten eingehen kann, weil ihre Gedanken immer wieder abschweifen. Während Frau Schwärtlein darüber klagt, wie unselbstständig ihr Mann sei, muss Angelika an ihren Mann denken. Als sie ihn vor vielen Jahren bat, einen Kuchen zu backen, ließ er ihn so lange im Ofen, bis er ungenießbar war. Ob er sonst genießbar gewesen wäre, ließ sich nicht mehr feststellen. Einmal hatte er eine 30-Grad-Wäsche mit 90 Grad gewaschen, so dass alles geschrumpft war; ein andermal hatte er die Spülmaschine eingeschaltet, ohne zuvor das Spülmittel reinzuschütten. Angelika bezweifelte mehr und mehr, dass er wirklich so zerstreut und tollpatschig war. Ihr Verdacht, er stelle sich nur so, um auf diese Weise den ihm lästigen Haushaltspflichten zu entkommen, wurde von Vorfall zu Vorfall stärker. Als sie sein Verhalten thematisierte, wies er die Unterstellungen entrüstet zurück und spielte das Unschuldslamm. Diese Rolle nahm Angelika ihm zwar nicht ab, aber die Arbeit.

Vor Zimmer 307 bleibt Angelika kurz stehen und atmet tief durch. »Guten Tag, meine Herrn!«, begrüßt sie die beiden Männer, die in ihren Betten liegen, und setzt dabei ein Lächeln auf. »Wie geht's Ihnen heute?«

Herr Papadopoulos lässt die Zeitschrift, in der er geblättert hat, sinken. »Wie soll es schon gehen mit einem halben Bein?«

»Haben Sie noch Schmerzen?«

Er winkt ab. »Die sind auszuhalten, aber wenn ich nach unten schaue und den Stumpf sehe, könnte ich jedes Mal heulen. Wie soll ich mit diesem Stumpf leben? Ich war mein

Leben lang Sportler, ich habe dreißig Jahre Fußball gespielt und spiele noch immer Tennis – ich habe Tennis gespielt, muss ich jetzt sagen. Mit eineinhalb Beinen kann ich das ja nicht mehr. Ich kann gar nichts mehr …«

»Na, na, na«, unterbricht ihn Angelika. »Sie dürfen nicht alles so schwarzsehen.«

»Sie haben gut reden«, sagt Herr Papadopoulos. »Ich möchte Sie mal hören, wenn Sie mit einem halben Bein hier liegen würden.«

Angelika sucht nach Worten. Was ist wohl schlimmer, aufwachen und erkennen müssen, dass einem die Hälfte des Beins fehlt, oder aufwachen und erkennen müssen, dass einem die Hälfte des Lebens fehlt?

*Hälfte des Lebens –*
*Weh mir, wo nehm ich, wenn*
*Es Winter ist, die Blumen, und wo*
*Den Sonnenschein,*
*Und Schatten der Erde?*
*Die Mauern stehn*
*Sprachlos und kalt, im Winde*
*Klirren die Fahnen.*

Er würde sie auslachen und fragen, was ist schon ein bisschen Weltschmerz gegen ein abgesägtes Bein? Deswegen schweigt sie und wendet sich zum Gehen.

»Schwester Angelika«, sagt Herr Allersen.

»Was gibt's?«

Er winkt sie zu sich und fragt: »Wissen Sie schon etwas Neues?«

Sie schüttelt den Kopf. »Es gibt nichts Neues. Wir versuchen weiterhin mit allen Mitteln, die Durchblutung in Ihrem Bein zu verbessern. Sie können mithelfen, indem Sie Ihre Zehen bewegen und viel trinken.«

Herr Allersen hebt den Oberkörper, dreht sich zu Angelika und redet so leise, dass Herr Papadopoulos ihn nicht verstehen kann: »Ich lasse mir das Bein nicht absägen. Vorher …« – er schluckt – »… vorher mache ich Schluss.«

»Aber Herr Allersen, was reden Sie denn da!«

»Ich meine es ernst. So wie der da drüben werde ich nie daliegen.«

»Nun beruhigen Sie sich erst mal …«

»Ich bin ruhig, und ich habe mich entschieden. Entweder verlasse ich dieses Zimmer auf zwei Beinen oder gar nicht.«

Angelika weiß nicht mehr, was sie sagen soll. Sie hat schon viele Patienten erlebt, die angesichts einer bevorstehenden Amputation davon gesprochen haben, dann lieber nicht mehr leben zu wollen. Bei Herrn Allersen hätte sie damit nicht gerechnet und schon gar nicht in dieser Bestimmtheit. Er gilt seit seiner Einlieferung als Musterpatient, befolgt die Anweisungen von Ärzten und Schwestern, ohne zu murren, und ist zu allen freundlich.

Angelika ist schon an der Tür, als Herr Allersen sie noch einmal ruft. »Können Sie mir bitte meine Weste aus dem Schrank holen. Mir ist es ein wenig zu kühl.«

»Soll ich das Fenster schließen?«

»Auf keinen Fall«, sagt Herr Papadopoulos sofort, »sonst ersticke ich hier drin.«

Angelika geht zu Herrn Allersens Schrank, sucht die Weste, hebt ein paar Kleidungsstücke hoch und sieht plötzlich eine Pistole.

»Nicht im oberen Fach, im unteren liegt die Weste«, sagt Herr Allersen.

»Äh … ja … ach so.« Angelika gibt ihm die Weste und verlässt ohne ein weiteres Wort das Zimmer. Draußen lehnt sie sich an die Wand und schließt die Augen.

»Ist dir nicht gut?«, fragt ihr Kollege Alexander.

»Doch, doch«, erwidert Angelika schnell.

»Warst du da drin?«

Sie nickt.

»Hat Herr Papadopoulos wieder geklagt?«

»Mhm«, macht sie nur.

»Hat er bei mir heute Morgen auch. Gott sei Dank ist Herr Allersen nicht so anstrengend.« Alexander geht weiter und verschwindet im Zimmer 306.

Angelika trottet in Richtung Stationszimmer. Dort setzt sie sich und versucht ihre Gedanken zu ordnen.

»Ich glaube, dir geht's doch noch nicht so gut«, sagt Petra.

Angelika zuckt zusammen. »Was hast du gesagt?«

»Dir scheint's nicht so gut zu gehen«, wiederholt Petra.

»Doch, doch, alles in Ordnung«, behauptet Angelika. »Ich mach gleich die Kaffeerunde.« Sie steht auf und geht in die Küche. Dort stellt sie alles auf einen Wagen, was sie braucht, und macht sich auf den Weg, um den Patienten den Nachmittagskaffee zu bringen. Als sie aus Zimmer 309 kommt, hört sie Petra zu Alexander sagen: »Herr Allersen muss zum Röntgen. Bring ihn bitte gleich nach oben.«

Angelikas Herz schlägt schneller. Sie öffnet die Tür von Zimmer 308 und fragt, wer Kaffee möchte, schenkt den beiden Frauen ein, spricht ein paar Worte mit ihnen und geht weiter zu Zimmer 307.

Herr Papadopoulos möchte keinen Kaffee. Angelika überlegt fieberhaft, wie sie an den Schrank von Herrn Allersen kommen könnte. Da sieht sie seine Weste auf dem Boden liegen.

»Die ist vom Bett gerutscht, als er vorhin zum Röntgen geholt wurde«, sagt Herr Papadopoulos.

Angelika hebt sie auf, legt sie in den Schrank, sucht hastig nach der Pistole, findet sie und lässt sie in ihrer Seitentasche verschwinden.

# 10

Die Akademiekneipe *Zum Pauker* ist gut gefüllt, Rauchschwaden hängen unter der niedrigen Decke und vertreiben bald die ersten Nichtraucher. Stimmen kämpfen gegeneinander; auch solche, die den ganzen Tag nicht zu vernehmen waren, drängen sich nun, gelöst von zwei, drei Pils oder zwei, drei Viertel Württemberger, in den Vordergrund. Einer aus der grauen Gruppe erzählt schon zum dritten Mal, wobei er den Regierungsschuldirektor wieder imitiert, was ihm beim ersten Mal großen Beifall eingebracht hat, wie jener nach der Pause mit einem Stapel Papier unter dem Arm zurückkam, die Arbeitsblätter verteilen ließ, sich an seinen Tisch setzte und schwieg. Genau siebzig Minuten. Der Graue wechselt langsam die Farbe, während er mit wachsender Begeisterung redet, obwohl ihm kaum noch jemand zuhört. »Siebzig Minuten ist der vorne gesessen, hat kein Wort gesagt, und das bei einer Fortbildung. So was hat die Welt noch nicht gesehen. Und wir haben uns alle hinter den Arbeitsblättern versteckt und so getan, als gäbe es für uns nichts Wichtigeres. Dabei haben wir ihn die meiste Zeit heimlich beobachtet und gewartet, dass er etwas sagt oder tut. Aber er hat nichts gesagt und nichts getan, ist dagesessen wie Buddha, nur nicht im Schneidersitz, hahaha!« Wie beim ersten Mal schlägt er an dieser Stelle mit der flachen Hand auf den Tisch. »Nach siebzig Minuten ist er plötzlich aufgestanden und hat ›Bitte abgeben‹ gesagt, wie bei einer Klausur. Mit den Blättern unter dem Arm hat er die engagierte Kollegin« – dabei deutet er auf Christine – »angeschaut und gesagt: ›Sie dürfen uns morgen in einer Deutsch- oder Geschichtsstunde zu einem Thema Ihrer Wahl zeitgemäße Lehr- und Lernformen praktisch vorführen. Das hier ist Ihre Klasse.‹«

»Wir waren doch dabei«, fällt sein Nebenmann ihm ins Wort. »Wir haben alles gesehen und gehört, genauso gut wie Sie. Oder halten Sie uns für senil?«

Das Gesicht des Grauen bleibt stehen, wird zur Maske, verliert die Farbe und rettet sich hinter das Weinglas.

Die Gesprächsgruppen, die sich inzwischen gebildet haben, sind längst bei anderen Themen. In einer Ecke gewinnen die Golfer langsam die Oberhand über die Tennisspieler und Fußballer. Die beiden Börsianer haben Verstärkung bekommen und einen Börsenstammtisch gegründet. Fünf Männer und eine Frau versuchen, sich gegenseitig mit ihren Gewinnen zu übertrumpfen, und verschweigen die Leichen in ihren Kellern, von denen es seit dem Absturz der New Economy viele gibt. Von ihnen abgewendet haben sich jene, die sich am liebsten mit den nächsten Ferien beschäftigen. Hier geht es um Fitness, Wellness, Schroth-Kuren, Ayurveda, Thalasso-Therapie, Aqua-Dreaming, Beautyfarmen, möglichst all-inclusive. Zwei Frauen und ein Mann haben gemeinsame Leselieben entdeckt, und weil sie damit niemand stören wollen, ziehen sie sich zurück. Auch Christine, die etwas verloren zwischen den Sportlern und den Urlaubsexperten sitzt und mit ihren Gedanken ganz woanders ist, möchte gehen. »Ich finde es zwar unmöglich, dass dieser Bäumler mir den Abend versaut, aber ich will dem und ein paar anderen morgen eine Alternative zum Frontalunterricht zeigen. Ich weiß nur noch nicht wie.«

»Wenn Sie wollen, helfe ich Ihnen«, sagt Beckstein, obwohl er überhaupt keine Lust hat, jetzt über Unterricht nachzudenken. Doch er hofft auf eine Gelegenheit, das Thema zu wechseln.

»Danke, das ist nett von Ihnen, aber Sie müssen sich nicht auch noch damit herumärgern, nur weil ich mal wieder die Klappe nicht halten konnte.«

»Das hat mir sehr imponiert.«

Uschi befürchtet, dass Beckstein ihr schon wieder aus den Händen gleitet, bevor sie ihn richtig festhalten kann, und bietet ebenfalls ihre Hilfe an. Wenn Christine annimmt, sind die beiden jedenfalls nicht allein, wenn sie ablehnt, hat Uschi ihn heute Abend für sich.

Beckstein, der es wieder geschafft hat, Christine gegenüberzusitzen, beugt sich über den Tisch und flüstert: »Ich mag dieses Gerede und die dicke Luft hier drin sowieso nicht.«

»Also gut, wenn Sie beide nichts Besseres zu tun haben«, sagt Christine, steht auf und zwängt sich zwischen Stuhlrücken hindurch. Draußen atmet sie erst einmal tief durch und reibt sich die brennenden Augen.

»Ich verstehe nicht, wie manche das stundenlang aushalten«, sagt Beckstein. »Vielleicht sogar an mehreren Abenden in der Woche. Da würde ich krank.«

»Die Menschen und ihre Bedürfnisse sind eben sehr verschieden.« Christine geht voraus die Treppe hinauf und steuert die Sitzgruppe neben der Anmeldung an. »In meinem Zimmer steht nur ein Stuhl und ein Bett. Am besten wird sein, wir setzen uns hier hin. Ich hole nur schnell etwas zum Schreiben.«

Uschi und Beckstein stehen sich gegenüber, ihre Blicke streifen sich, suchen etwas, woran sie sich festhalten können, treffen sich wieder, verraten Gedanken und Gefühle.

Mit dem Satz »Setzen wir uns doch« entzieht sich Beckstein, deutet auf die Sessel, wartet, bis Uschi sich entschieden hat, und setzt sich so, dass er sie nicht direkt anschauen muss. Er spürt Uschis Blick, weicht ihm aus, sieht eine Zeitschrift auf dem runden Tisch, greift nach ihr, schiebt sie in die Mitte, überprüft die Lage, ist noch nicht zufrieden, verändert sie mit Daumen und Mittelfinger, prüft erneut und korrigiert noch einmal um ein paar Millimeter, lehnt sich zurück, faltet die Hände vor den Bauch und betrachtet sein Werk.

Uschi betrachtet ihn. »Hast du schon darüber nachgedacht?«

Er beugt sich wieder vor und tippt die Zeitschrift mit dem Zeigefinger zwei-, dreimal leicht an. »Worüber?«

»Über das, was ich heute Mittag gesagt habe.«

»Bis jetzt noch nicht«, lügt er, »dazu brauche ich Zeit und Ruhe. Hier war ja …«

Christine kommt um die Ecke und erlöst ihn. Sie setzt sich zu den beiden, schiebt die Zeitschrift an den Rand, legt zwei Bücher, eine Mappe, auf der in Großbuchstaben PISA steht, und ihren Schreibblock auf das Tischchen. »So, jetzt kann's losgehen!«

»Was für eine Stunde wollen Sie denn halten, Deutsch oder Geschichte?«, fragt Beckstein.

»Weder noch«, antwortet Christine. »Ich kann ja hier auch keine Stunde vorbereiten, weil mir dazu so gut wie alles fehlt, und Einzelstunden machen ohnehin wenig Sinn. Ich arbeite mit meinen Schülern immer in Projekten.«

»Ja, aber ... was wollen Sie dann morgen tun?«

»Ich möchte die Kolleginnen und Kollegen zum Nachdenken bringen, zum Nachdenken über sich selbst und ihr Tun.«

»Wie wollen Sie denn das anstellen?«, fragt Uschi.

»So genau weiß ich das noch nicht.«

»Aber Sie haben sich bestimmt schon Gedanken gemacht«, meint Beckstein.

»Wie man's nimmt.« Christine greift nach einem der beiden Bücher. »Das hat eine Kollegin aus Aachen nach 25 Jahren Schuldienst geschrieben. Kennen Sie es?«

*»Große Pause – Nachdenken über Schule«*, liest Beckstein halblaut. »Ich habe von dem Buch gehört, bin aber leider noch nicht dazugekommen, es zu lesen.«

»Das müssen Sie unbedingt tun. Ich habe noch nie etwas Besseres über das deutsche Gymnasium gelesen. Die Autorin schont weder sich noch uns, manche Sätze tun richtig weh.«

Sie schlägt das Buch an einer der Stellen auf, wo ein Zettel steckt, und liest: »Wir Lehrer, jedenfalls wir Gymnasiallehrer, haben nämlich, unter uns gesagt, nicht die geringste Ahnung von Kinder- und Jugendpsychologie und erst recht keine Ahnung vom Umgang mit schwierigen, verhaltensauffälligen Kindern, wir haben auch keine Ahnung von modernen Lerntheorien, und wir haben keine Vorstellung und

Kenntnis von dem, wie eine *gute Schule* aussehen müsste. Das aber heißt: Wir verstehen nichts von Kindern, wir verstehen nichts vom Lernen und wir verstehen nichts von dem Betrieb, in dem wir arbeiten. Es fehlt uns also nahezu jegliche Grundlage (*Basiskompetenz*) für unsere Profession. Lehrer *können* daher ihre Probleme gar nicht *professionell* lösen.

Die Berufsbezeichnung *Pädagoge* entspricht zwar den Tatsachen, denn wir sind ja de facto die *Führer der Jugend*, aber leider blinde und unwissende Führer, die keine Antwort auf die Fragen nach dem Woher, Wohin, Wozu und Wie der Reise zu geben imstande sind. Jede an den Umgang mit Kindern gewöhnte Hausfrau, jeder Schulbusfahrer ist uns in pädagogischer Hinsicht ebenbürtig.

Woher sollten wir Lehrer es denn auch können? Wir haben es nie gelernt. Nie lernen müssen. Vor Jahrzehnten haben wir alle einmal ein so genanntes *Philosophicum* abgelegt, eine fünfminütige pädagogisch-philosophische Lächerlichkeit, die auch der Dümmste stets mit ›sehr gut‹ schaffte. Und das war's.«

Christine schaut Beckstein und Uschi erwartungsvoll an.

»Das ist starker Tobak«, sagt Uschi.

»Sagen Sie bloß, Sie wollen das den anderen vorlesen.«

»Warum nicht?«

»Weil sich die dann angegriffen fühlen, mit Recht angegriffen fühlen«, meint Beckstein, »und zwar nicht von der Autorin, sondern von Ihnen. Wenn die danach überhaupt noch über etwas nachdenken, dann jedenfalls nicht über sich selbst und ihr Tun, sondern höchstens darüber, wie sie Ihnen das heimzahlen können.«

»Und wie wär's damit?«, fragt Christine und liest eine andere Stelle vor: »Die neuen Lehrer, die wir bräuchten, wären Kinderfreunde, und sie würden sich mit Leib und Seele als Erzieher verstehen ... Die Schulen wären keine Lernknäste, Kasernen, Fabriken, wie früher, und auch keine modernen miteinander konkurrierenden Unternehmen, wie heute, sondern sie wären Schulen, und das hieße: Orte der Ruhe ... Und für die Kinder wären sie das, was früher einmal die Familie war: Ein *Schon- und Schutzraum* ...

An den Schulen, wie ich sie mir wünschte, verfolgten alle Fächer und Unterrichtsinhalte dasselbe Ziel: den Kindern die Schönheit und Vielfalt der Welt zu zeigen und die vielen verschiedenen Wege, auf denen man sich ihr verstehend und erklärend nähern kann. Unterrichtsinhalte, die dazu geeignet wären, die Zuversicht und Lebensfreude der Kinder zu untergraben und ihr Weltvertrauen zu zerstören, würde es nicht mehr geben. Nicht mehr erlaubt wäre, was zurzeit leider noch als fortschrittlich gilt: die Kinder in nahezu allen Fächern mit Unterrichtsreihen zu bombardieren, die sie aufklären über Kindersklaven, Kinderprostitution und Kindersoldaten in der Dritten Welt, über den Handel mit Kindern oder mit ihren Organen, über den Hunger in der Welt und die Zahl der täglich verhungernden Kinder im Vergleich zu den Militärausgaben, über die unaufhaltsame Zerstörung der Wälder und der Atmosphäre, die Verseuchung der Flüsse und Meere und das Sterben der Tiere, über Tierquälerei in Labors und Mastfabriken und über die Häufigkeiten von sexuellen Übergriffen und Kinderschändung in den Familien ...

Diese Art der Weltpräsentation erreicht das Gegenteil des Beabsichtigten, und ihre Wirkung auf die Kinder ist verheerend. Zahllose Aussagen von Kindern, die ich hier am liebsten einmal seitenweise zitieren würde, zeigen, wie die Welt für sie allmählich zum Alptraum wird, wie sie hineingeführt werden in ein Gefühl vollkommener Ohnmacht und Hilflosigkeit und in die Erwartung eines ausweglos sinnentleerten Daseins.«

»Das klingt sehr nach Steiner, Montessori und ähnlichen Ansätzen«, meint Uschi, »und nach Kuschelpädagogik. Für die Grundschule mag das ja noch angehen, aber wenn die Schüler ins Gymnasium kommen, ist die Kuschelzeit vorbei. Bei uns müssen sie lernen, konzentriert und diszipliniert zu arbeiten; und sie müssen lernen, die Welt zu sehen, wie sie ist, damit sie sich später in ihr zurechtfinden.«

»Sehen Sie das auch so?«, möchte Christine von Beckstein wissen.

Ja, würde er antworten, wenn ihm jemand anders die Frage gestellt hätte. »Ja, also«, beginnt er zögernd, »ich meine … ich weiß nicht, ob wir unseren Schülern einen Gefallen tun, wenn wir die negativen Seiten des Lebens ausklammern. Wir sollen sie schließlich auf dieses Leben vorbereiten. Ihnen die Schönheit der Welt zu zeigen, ist natürlich wichtig, aber sie in einem Schonraum halten zu wollen und nur die Schönheit zu zeigen, hielte ich für problematisch. Diese Erörterung ist allerdings sehr theoretisch, weil die Schüler außerhalb der Schule ohnehin mit allen Facetten des Lebens konfrontiert werden. Wir können sie nicht davor schützen, selbst wenn wir das wollten.«

»Natürlich nicht, das ist klar«, sagt Christine, »darum geht es auch gar nicht. Die Frage ist, wie Schule sein und was sie vermitteln soll, unabhängig davon, was die Schüler außerhalb erleben.«

»Aber wir können doch nicht so tun, als hätte die Schule mit dem, was außerhalb geschieht, nichts zu tun«, wirft Uschi ein. »Schule ist ein Teil der Gesellschaft und muss sich deshalb auch mit ihr befassen.«

»Und je mehr sie sich damit befasst, je fortschrittlicher und aktueller Schule sein will, desto mehr vernachlässigt sie das, was Kinder und Jugendliche heute dringender brauchen denn je.«

»Und das wäre?«, fragt Uschi spitz.

»Ich möchte Ihnen noch eine kleine Stelle vorlesen, dann höre ich auf, Sie damit zu nerven.«

»Sie nerven uns doch nicht«, sagt Beckstein, der sich zwischen den beiden Frauen langsam unwohl fühlt.

Christine schaut ihn an und fragt mit den Augen: Wirklich nicht? Sie blättert in dem Buch, findet die gesuchte Stelle, zögert, hebt den Blick noch mal, schaut von ihm zu ihr und wieder zu ihm, sieht sein Gesicht einen Ton heller werden und beginnt zu lesen:

»In seiner Schrift *Über Pädagogik* sagt Kant: *In unserer Seele ist etwas, daß wir Interesse nehmen 1) an unserem Selbst, 2) an anderen, mit denen wir aufgewachsen sind, und dann muß 3) noch ein Interesse am Weltbesten Statt finden. Man muß Kinder mit diesem Interesse bekannt machen, damit sie ihre Seelen daran erwärmen mögen. Sie müssen sich freuen über das Weltbeste, wenn es auch nicht der Vorteil ihres Vaterlandes oder ihr eigener Gewinn ist.*

Die Seelen der Kinder für das *Weltbeste* erwärmen, die Freude am *Weltbesten* in ihnen wecken, das wäre ein Ziel, das den Geist unserer Schulen von Grund auf verändern und erneuern würde. Es wäre fast eine Revolution. Aber eine, mit der wir gleich morgen beginnen könnten, denn sie wäre leicht und würde nichts kosten. Sie kostet uns nur ein Innehalten und Umdenken, und sie wäre leicht, weil Kinder sich nach nichts mehr sehnen als nach dem *Weltbesten*, nach einer Welt, in der alle, Menschen und Tiere, es gut haben (sollen).

Man müsste sie im Unterricht nur einmal mit dem Streben der Menschen nach dem *Weltbesten* bekannt machen (und aufhören, ihnen das *Weltschlechteste* zu zeigen). Sie sollten die (spannenden!) Lebensgeschichten von Erfindern, Entdeckern und Gelehrten, von Sozialreformern und Staatsmännern, von Künstlern, Religionsstiftern und Revolutionären zu lesen bekommen. Sie sollten, wie es uns Goethe empfiehlt, *alle Tage wenigstens ein kleines Lied hören, ein gutes Gedicht lesen, ein treffliches Gemälde betrachten und, wenn es möglich zu machen wäre, einige vernünftige Worte sprechen.*

Überhaupt die Kunst. Und die Musik. Damit sollten wir vor allem die Seelen der Schüler nähren und ihren Geschmack kultivieren, denn, behauptet der Dichter Shelley, allein durch Schönheit werde das Gemüt empfänglich für moralischen Anstand und der Fortschritt sei mehr eine Aufgabe des Herzens als des Intellekts.«

»Die Naturwissenschaftler unter den Kollegen lachen Sie aus, wenn Sie ihnen das vorlesen«, sagt Uschi.

»Das werde ich nicht tun«, entgegnet Christine. »Mir war nur wichtig zu sehen, wie Sie beide reagieren. Damit haben Sie mir schon viel geholfen.«

»Inwiefern?«

»Tja, wie soll ich das sagen?« Christine überlegt. »Obwohl ich Sie noch viel zu wenig kenne, um mir ein Urteil über Sie zu erlauben, habe ich doch den Eindruck, dass Sie aufgeschlossener sind als die meisten anderen hier. Und wenn Sie schon so auf die vorgelesenen Textstellen reagieren, kann ich mir gut vorstellen, wie das bei den Kollegen sein würde. Deshalb werde ich morgen etwas anderes machen.«

»Was denn?«

»Damit möchte ich Sie nicht länger belästigen.«

»Sie belästigen uns doch nicht«, sagt Beckstein schnell und fügt hinzu: »Mich jedenfalls nicht.«

Uschi sagt nichts.

Christine packt ihre Sachen zusammen, sagt, sie sei müde, außerdem habe der Rauch in der Kneipe ihr stärker zugesetzt als gedacht.

»Geht mir genauso«, sagt Beckstein.

»Ich muss mich jetzt hinlegen, sonst habe ich morgen früh einen Brummschädel.« Christine steht auf und verabschiedet sich.

Beckstein wartet auf ein Zeichen, ein Nicken, ein Zwinkern, ein Lächeln, irgendein ein kleines, heimliches Zeichen, damit er weiß, woran er ist, kann keines erkennen, möchte die sich Entfernende halten, weiß nicht wie, fühlt sich hilflos und betrogen, spürt neben der Enttäuschung Ärger und Wut in sich aufsteigen. »Ich geh auch schlafen.«

Uschi nickt, geht neben ihm die Treppe hoch und greift nach seiner Hand.

»Nicht, wenn uns jemand sieht.«

»Na und? Geht es jemand etwas an, was wir tun?«

»Nein, aber ich will das nicht.«

Vor seinem Zimmer bleibt er stehen. »Ja, also ...«

Uschi verschließt seinen Mund mit ihren Lippen.

Beckstein löst sich und sagt: »Nicht hier.«

»Dann schließ doch endlich auf.« Sie greift nach dem obersten Hemdknopf und öffnet ihn. »Sonst zieh ich dich auf dem Flur aus.«

Er holt den Schlüssel aus der Tasche, öffnet die Tür und geht schnell hinein, gefolgt von Uschi. Sie schlingt die Arme um Beckstein und küsst ihn leidenschaftlich. Zuerst ist er nur Opfer und lässt alles widerwillig über sich ergehen, wird dann zum willigen Opfer und allmählich zum bereitwilligen Mittäter.

»Jetzt ist es fast wie damals in der Jugendherberge«, flüstert Uschi ihm ins Ohr. Ihre Hand gleitet nach unten, öffnet den Reißverschluss seiner Hose, greift hinein und spürt das nur noch durch den Slip geschützte Glied. Uschi ist entschlossen, Beckstein heute Nacht zu gewinnen, dafür ist sie zu allem bereit. Sie geht auf die Knie, öffnet seinen Gürtel, streift Hose und Slip nach unten, streichelt sein Glied, küsst es zärtlich und nimmt es in den Mund. Beckstein steht da, unfähig zu genießen, weil es die falsche Frau ist. Er schaut nach unten, sieht den sich vor- und zurückbewegenden Kopf, packt ihn mit beiden Händen, ruft: »Hör auf!« und stößt Uschi zurück, dass sie auf den Boden fällt.

Sie starrt ihn mit großen Augen und offenem Mund an, als könnte sie nicht glauben, was Beckstein eben getan hat. Er zieht Slip und Hose hoch und sagt leise: »Geh jetzt bitte.«

»Aber ich ...«

»Du sollst gehen!«

Sie steht auf, wischt mit dem Handrücken den Speichel vom Kinn und geht.

Eine halbe Stunde später öffnet Beckstein die Tür, schaut sich um und lauscht mit angehaltenem Atem. Es ist niemand zu sehen und niemand zu hören. Er tritt hinaus, schließt die Tür so leise wie möglich, geht schnell den Flur entlang zu Christines Zimmer und klopft an.

»Wer ist da?«

»Ich bin's, Dieter Beckstein«, flüstert er mit der Nase an der Tür.

»Moment.«

Er wartet, prüft noch mal, ob von irgendwoher Schritte kommen, hört, wie der Schlüssel im Schloss gedreht wird. Christine öffnet die Tür nur einen Spalt weit. »Was gibt's denn?«

»Ich muss mit Ihnen reden.«

»Jetzt noch?«

»Es ist wichtig.«

Sie lässt Beckstein hinein, bietet ihm den Stuhl an und setzt sich aufs Bett.

Die Sekunden vergehen, und mit jedem Ticken der Uhr wird es schwerer, die durch den Kopf geisternden Gedanken und Worte zu bändigen und sinnvolle Sätze zu formen.

»Ich nehme nicht an, dass es um die morgige Stunde geht«, sagt Christine schließlich.

Beckstein schüttelt den Kopf, schaut auf seine gefalteten Hände und murmelt: »Ich weiß nicht, wie ich es sagen soll und ob ich es überhaupt sagen soll.«

»Hm«, macht sie nur.

Er bewegt seine Daumen unaufhörlich, lässt sie kreisen, drückt sie gegeneinander, entdeckt plötzlich einen schwarzen Rand unter dem rechten Nagel, verbirgt ihn in der hohlen Hand und versucht, den Schmutz heimlich mit dem linken Zeigefingernagel zu entfernen.

Die Sätze zerfallen auf dem Weg vom Gehirn in den Mund, wo nur Bruchstücke, Wörter und Wortfetzen ankommen. Zwischen die eigenen Versuche schieben sich fremde Sätze:

*Es trägt Verstand und rechter Sinn mit wenig Kunst sich selber vor; und wenn's euch ernst ist, was zu sagen, ist's nötig, Worten nachzujagen?*

*Sage nicht alles, was du weißt, aber wisse immer, was du sagst.*

*Was aus Liebe getan wird, geschieht immer jenseits von Gut und Böse.*

*Die Liebe ist der Endzweck der Weltgeschichte, das Amen des Universums.*

Die Dichter und Philosophen haben leicht reden. Die sitzen in ihren Schreibstuben und können die Worte mit Bedacht setzen, können korrigieren und verbessern, bis Sätze für die Ewigkeit entstehen. Aber ich brauche jetzt keine Sätze für die Ewigkeit, ich brauche welche für diesen Augenblick. Ich liebe dich – wir sind ja noch nicht mal per du. Ich liebe Sie – nein, das bringe ich nicht über die Lippen. Und Liebe ist ohnehin ein viel zu häufig strapaziertes Wort. Die Leute reden schon von Liebe, wenn ihr Herz ein bisschen schneller schlägt.

*Mein schönes Fräulein, darf ich wagen, meinen Arm und Geleit Ihr anzutragen?*

So ein Quatsch! Das hat vielleicht zum Faust gepasst, aber doch nicht zu mir.

Der schwarze Rand unter dem Daumennagel ist entfernt. Beckstein hebt den Kopf und sagt: »Seit ich Sie heute Morgen gesehen habe, fühle ich mich zu Ihnen hingezogen.« Er wundert sich, dass er einen vernünftigen Satz ohne Pause und ohne Stottern herausgebracht hat.

Christines blasse Haut wird etwas rosiger. »Jetzt weiß ich nicht, was ich sagen soll.«

Die beiden sitzen sich wieder schweigend gegenüber. Ihre Blicke und Gedanken suchen einen Halt.

»Ich bin glücklich verheiratet.«

Der Satz trifft Beckstein wie ein Faustschlag, betäubt ihn, und wenn er nicht sitzen würde, ginge er zu Boden wie ein Boxer. Langsam erholt er sich von dem Schlag, spürt sich wieder, bleibt noch ein paar Augenblicke sitzen, murmelt: »Entschuldigen Sie bitte«, erhebt sich und wendet sich auf noch weichen Beinen zur Tür.

»Herr Beckstein, es … es tut mir leid.«

»Es braucht Ihnen nicht leidzutun«, sagt er über die Schulter, »freuen Sie sich, dass Sie glücklich verheiratet sind.« An der Tür dreht er sich um. »Gute Nacht, und entschuldigen Sie bitte nochmals.«

»Ich … Gute Nacht …«

# 11

Angelika liegt im Bett, die Pistole auf dem Bauch, die Hände auf der Pistole, die jetzt angenehm temperiert ist und sich nicht mehr so fremd anfühlt wie anfangs. Trotzdem kann sich Angelika nicht vorstellen, damit zu schießen, ein Loch in einen Menschen zu schießen, in einen Menschen, der ihr Mann und der Vater ihrer Kinder ist.

Sie sieht ihn am Strand im Sand liegen, mit einem Loch in der Brust. Anne und Benjamin kommen angelaufen und starren das Blut an.

Papa, Papa, was hast du?, fragt Anne ängstlich. Steh doch auf!

Bitte, bitte, Papa!, sagt Benjamin.

Er schlägt die Augen auf und lacht. Jetzt seid ihr aber schön erschrocken, was! Das ist doch nur Ketchup. Er wischt mit dem Zeigefinger drüber und leckt es ab.

Du bist doof!, ruft Anne und trommelt mit ihren Fäusten auf seinen Bauch. Ganz, ganz doof!

Benjamin lässt sich auf die Knie fallen und schaufelt mit den Händen Sand auf ihn. Los, hilf mir!, fordert er seine Schwester auf.

Zusammen bedecken sie ihren Vater mit Sand, wobei sie fast schon verbissen arbeiten, bis nur noch sein Kopf an einem Ende des Sandhügels herausragt. Sie stellen sich zu seiner Rechten, und Benjamin sagt: Wer ein Loch im Herz hat, ist tot, und wer tot ist, wird begraben. Ruhe in Frieden.

Anne schüttelt heftig den Kopf. Papa soll nicht tot sein und nicht begraben. Sie fängt an, ihn wieder auszubuddeln.

Angelika tastet mit einer Hand zum Schalter, um die Bilder mit dem Licht zu vertreiben. Sie nimmt die Pistole unter der Bettdecke hervor und betrachtet sie lange.

Ob Herr Allersen sie extra gekauft hat, für den Fall, dass sein Bein amputiert werden soll? Oder ob er sie schon länger hat, für alle Fälle? Für welche Fälle? Wozu soll ein Mann wie

Herr Allersen eine Pistole brauchen? Der wird doch nicht von einer Frau angemacht, die ihn vergewaltigen will. Ob es das überhaupt gibt, dass Männer von Frauen vergewaltigt werden? Kann ich mir kaum vorstellen. Wenn wir einen möchten und der will nicht, haben wir eben Pech gehabt. Wir bräuchten also Pistolen, dann könnten wir zu denen, die wir haben möchten, sagen: Nimm mich, oder ich knall dich ab! Und zu denen, die uns vergewaltigen wollen: Verschwinde, sonst knall ich dich ab!

Nicht einmal der kleinste Kratzer ist zu sehen, also muss sie wohl neu sein. Angelika richtet die Pistole auf sich und schaut in das Mündungsloch.

Es ist schon eigenartig, dass so eine kleine Kugel einen Menschen töten kann. Von einer Sekunde auf die andere. Eben hat man noch gegessen und getrunken, geredet und Pläne geschmiedet, dann macht es Bumm und alles ist zu Ende.

Sie lässt die Pistole sinken und schließt die Augen. An einem warmen Frühsommerabend sitzt sie mit zwei Freundinnen am Tübinger Marktplatz in einem Straßencafé. Sie essen Eis und albern herum.

Der hübsche Blonde da drüben, am Tisch neben der Tür, der schaut ständig zu uns her, flüstert Dagi.

Mach dir keine falschen Hoffnungen, sagt Hanna, der schaut nicht zu uns, sondern zu Geli. Aber die merkt mal wieder nichts, weil sie so mit ihrem Eis beschäftigt ist.

Zum Eisessen sind wir doch hier.

Hanna verdreht die Augen. Es soll Leute geben, die Eisessen und Flirten gleichzeitig schaffen.

Angelika schiebt einen Löffel Stracciatella in den Mund und lässt es auf der Zunge zerfließen. Ich nicht, ich mache immer nur eine Sache, und die genieße ich richtig.

Dann bin ich mal gespannt, was abgeht, wenn du dein Eis genossen hast, sagt Hanna.

Abwarten! Angelika lässt sich Zeit mit ihrem Eis, schielt aber dennoch in Richtung Tür, entdeckt den Blonden, der sofort lächelt, stellt fest, dass er wirklich gut aussieht, fährt sich mit der linken Hand durchs Haar und wendet sich wieder ihrem Eis zu.

Na also, sagt Hanna neckisch, es geht doch.

Zwei Tage später bummeln Angelika und Beckstein durch Tübingen, gehen hinunter an den Neckar und am Hölderlinturm vorbei. Sie mieten einen Kahn, Beckstein rudert ein Stück, dann lassen sie sich auf dem Neckar treiben. Sie halten sich an den Händen und schauen sich an.

Ich bin noch nie Kahn gefahren, sagt Angelika.

Ich nur einmal.

Mit einem Mädchen?, rutscht es ihr heraus.

Er nickt, wobei seine blauen Augen strahlen, und bemerkt, wie Angelikas Gesicht einen Ton dunkler wird. Mit meiner kleinen Schwester, sagt er und lacht spitzbübisch.

Pah, ist mir doch egal, mit wem du Kahn fährst.

Wirklich?

Bilde dir bloß nichts ein!

Ich bilde mir ein, dass wir beide uns mögen, und finde das wunderschön. Er steht auf, beugt sich vor und gibt ihr einen Kuss, wobei der Kahn bedenklich schwankt.

Sie macht sich los, ruft: Pass auf!

Er sagt lachend: Kleiner Angsthase, will sich neben sie setzen, verliert in dem immer stärker schwankenden Kahn den Halt und fällt in den Fluss.

Dieter!, ruft sie, beugt sich hinaus, schaut aufs Wasser und wartet, dass er auftaucht, was er aber nicht tut; sie bekommt Angst, ruft wieder seinen Namen und erschrickt furchtbar, als der Kahn plötzlich wackelt.

Hier bin ich!, ruft Beckstein in ihrem Rücken.

Sie fährt herum und starrt ihn an.

Hast du schon Angst gehabt, ich sei ertrunken?

Du gemeiner Kerl, sagt sie und hätte gute Lust, ihn gleich noch mal zu tauchen.

Wenn er damals wirklich ertrunken wäre, dann wäre mein Leben anders verlaufen. Vielleicht hätte ich einen Mann kennengelernt, der mich besser verstanden hätte. Dann würde ich jetzt nicht hier liegen und mir Gedanken darüber machen, wie ich ihn am sichersten umbringe. Wenn man ihn zu Hause erschossen oder vergiftet findet, bin ich sofort verdächtig. Also darf man ihn nicht finden. Aber wie und wo soll ich ihn verschwinden lassen? Ich kann ihn ja nicht einfach im Garten vergraben, das Loch würde man doch sehen. Halt, ich hab's! Ich muss ihn im Gemüsebeet vergraben und dann das ganze Beet frisch bepflanzen. Das würde niemandem auffallen, das mache ich in jedem Frühjahr. Dann hätte er Salat, Radieschen, Kartoffeln oder Bohnen auf seinem Grab und könnte noch im Tod zu deren Wachstum beitragen. Aber das würde ja bedeuten, dass wir indirekt von ihm essen. Nein, das geht nicht. Ich glaube, ich könnte auch nicht mehr hier leben, wenn ich wüsste, dass er im Gemüsebeet liegt. Ich muss es anderswo tun. Wenn wir noch zusammen in Urlaub fahren würden, gäbe es da bestimmt Möglichkeiten. Aber das ist vorbei, seit die Kinder größer sind. Außerdem wäre ich sofort verdächtig. Nein, es muss irgendwo sein, wo wir nicht gemeinsam sind – bei seiner Fortbildung! Dass ich darauf nicht früher gekommen bin. Ich fahre morgen hin, erschieße ihn, verschwinde wieder und lege die Pistole zurück in Herrn Allersens Schrank.

# 12

Vier Minuten vor halb neun betritt Regierungsschuldirektor Bäumler den Großen Saal und stellt mit geübtem Blick fest, dass alle schon an ihren Plätzen sitzen. Auch Beckstein und Uschi sitzen wieder nebeneinander, haben sich aber nur flüchtig angesehen und noch kein Wort miteinander gesprochen. Der Regierungsschuldirektor grüßt knapp, gibt ein paar organisatorische Dinge bekannt, schaut Christine an und sagt: »Kommen Sie bitte nach vorn, das ist jetzt Ihre Klasse!«

Alle Augen richten sich auf Christine.

»Man muss nicht vorne stehen, um eine Klasse zu führen und guten Unterricht zu machen. Ich möchte lieber hier sitzen bleiben. Was ich zu sagen habe, kann ich auch von hier aus sagen.«

Die legt sich schon wieder mit dem an, denkt Beckstein. Das ist eine Frau!

Der Regierungsschuldirektor ist überrascht, braucht ein paar Sekunden, bis er reagieren kann. »Wie Sie wollen.« Er nimmt seine Tasche und setzt sich außerhalb des Hufeisens an einen Tisch.

Christine schlägt das Buch auf, aus dem sie Beckstein und Uschi gestern Abend vorgelesen hat. Beckstein erschrickt. Sie wird doch nicht …

»An den Schulen, wie ich sie mir wünschte, verfolgten alle Fächer und Unterrichtsinhalte dasselbe Ziel: den Kindern die Schönheit und Vielfalt der Welt zu zeigen und die vielen verschiedenen Wege, auf denen man sich ihr verstehend und erklärend nähern kann.« Christine klappt das Buch zu. »Weil in diesem Raum von der Schönheit und Vielfalt der Welt nicht viel zu sehen ist, möchte ich gern mit Ihnen hinausgehen.«

Ihre Kolleginnen und Kollegen sind einen Moment sprachlos, dann beginnen sie zu tuscheln und schauen unsicher zum Regierungsschuldirektor.

»Frau Kaiser ist Ihre Lehrerin. Wenn sie es für angebracht hält, diesen Raum zu verlassen, um zeitgemäße Lehr- und Lernformen zu demonstrieren, folgen Sie ihr bitte.«

»Sie brauchen nichts mitzunehmen«, sagt Christine und geht voraus, verlässt das Gebäude und steuert den nahegelegenen Wald an. Unterwegs bleibt sie stehen. »Schauen Sie sich bitte mal an, wie diese Hauseingänge gestaltet sind.«

»Was soll daran Besonderes sein?«, fragt jemand.

»Ich sage nicht, dass daran etwas Besonderes ist, ich möchte nur, dass Sie schauen.«

»Also dort drüben, das Vordach, das passt ja überhaupt nicht zu dem kleinen Haus«, meint die kupferrote Frau. »Das ist viel zu protzig, da stimmen die Proportionen nicht, und somit sieht es unästhetisch aus.«

»Die sieht selbst unästhetisch aus«, flüstert ein Börsianer dem andern ins Ohr.

Ein Teil der »Klasse« findet es interessant, die Hauseingänge zu betrachten. In einigen Fällen gibt es einstimmige Urteile, in anderen gehen die Meinungen weit auseinander. Der größere Teil der »Klasse« zeigt deutlich, dass er so etwas für albern hält.

»In welchem Fach haben wir jetzt eigentlich Unterricht?«, fragt einer der Mathelehrer spitz.

»Wir sollten aufhören, nur in Fächern zu denken«, antwortet Christine. »Die Welt lässt sich nicht in Fächer einteilen, die voneinander isoliert sind. Alles hängt doch mit allem zusammen.«

»Wollen Sie die Fächer etwa abschaffen?«

»Abschaffen nicht, aber viel mehr miteinander verknüpfen, als das zur Zeit noch der Fall ist. Damit wir unseren Schülern besser vermitteln können – um es mit Faust zu sagen –, was die Welt im Innersten zusammenhält. Oder wie ich es ausdrücken möchte: wie die Welt ist und geworden ist.«

»Wie die Welt ist, das können wir jeden Tag in den Medien erfahren!«, ruft einer aus dem Hintergrund. »Mord und Totschlag, Korruption, vergiftete Lebensmittel und alles nur des Geldes wegen. Aber das gehört ja Ihrer Meinung nach nicht in den Unterricht, Sie wollen den Schülern nur die Schönheit der Welt zeigen. Wissen Sie, wie ich das ausdrücken möchte: Flucht vor der Wirklichkeit.«

»Wenn Sie die Welt nur so negativ sehen, tun Sie mir leid«, sagt Christine. »Und wenn Sie Ihren Schülern dieses negative Weltbild vermitteln, tun die mir noch mehr leid. Die Welt ist längst nicht so schlecht, wie sie in den Medien dargestellt wird. Für die gilt bekanntlich der Grundsatz: Nur eine schlechte Nachricht ist eine gute Nachricht. Vergessen Sie bitte also mal die Medien und schauen Sie sich selbst um; ich bin sicher, Sie werden die Schönheit und Vielfalt der Welt wieder entdecken. Dazu gehen wir jetzt in den Wald dort drüben.«

Beckstein schüttelt kaum sichtbar den Kopf. Das kann ich nicht, da geh ich nicht mit. Er sucht den Regierungsschuldirektor und sagt: »Mir ist nicht gut, ich hab ganz weiche Beine, ich glaube, ich muss mich hinlegen.«

»Wenn Sie meinen, aber ich würde mir die Stunde bei Frau Kaiser nicht entgehen lassen.«

»Tut mir leid, ich schaff das nicht.« Beckstein dreht sich um und entfernt sich raschen Schrittes.

Christine und Uschi bemerken sein Verschwinden, lassen sich jedoch nichts anmerken.

Im Wald versammelt Christine »ihre Klasse« um sich und sagt: »Ich weiß nicht, wann Sie zum letzten Mal einen Ameisenhaufen betrachtet, einen Baum berührt, auf dem Boden gelegen und die Erde gerochen haben. Ich weiß auch nicht, ob Sie das tun möchten oder ob Sie es lächerlich finden. Ich werde jetzt ein paar Minuten schweigen und bitte Sie alle, das ebenfalls zu tun, damit wir die Stille hören können.«

*Über allen Gipfeln*
*Ist Ruh,*
*In allen Wipfeln*
*Spürest du*
*Kaum einen Hauch;*
*Die Vögelein schweigen im Walde.*
*Warte nur, balde*
*Ruhest du auch.*

Schweigen.

Stille.

Ruhe.

Es dauert eine Weile, bis jemand kaum hörbar sagt: »Ich habe das Gedicht noch nie so empfunden wie hier.«

»Mich hat es tief berührt«, flüstert eine andere Stimme. »Hier im Wald wirkt es völlig anders, als wenn man es im Klassenzimmer liest.«

Alle, die sich äußern, tun das sehr leise, als wollten sie die Stille nicht verletzen. Selbst die kritischen Stimmen klingen behutsam.

»Das war sehr beeindruckend«, sagt ein Mathe- und Physiklehrer. »Aber Sie können nicht bei jedem Gedicht und bei jeder Geschichte mit den Schülern die Schule verlassen und einen passenden Lernort aufsuchen. Und in manchen Fächern dürfte das ohnehin kaum möglich sein.«

»Darüber müsste man mehr nachdenken«, erwidert Christine. »Wenn die Anekdote stimmt, hat Newton das Gesetz der Schwerkraft nicht im Studierzimmer entdeckt, sondern als er unter einem Apfelbaum lag und von einem herabfallenden Apfel unsanft geweckt wurde. Doch im Ernst«, fügt sie schnell hinzu, bevor die Naturwissenschaftler über sie herfallen können, »Sie haben natürlich Recht, wir können nicht immer passende Lernorte aufsuchen …«

»Aber viel öfter, als das getan wird«, fällt ihr Regierungsschuldirektor Bäumler ins Wort. »Also nehmen Sie jetzt bitte nicht zurück, was Sie bisher gesagt haben. Ich habe noch nie erlebt oder gehört, dass jemand dieses Goethe-Gedicht im Wald behandelt hat. Dadurch eröffnen sich nicht nur neue Sichtweisen, nein, das sind neue Dimensionen. Und ich bin sicher, in allen Fächern gibt es genügend Möglichkeiten, durch neue motivierende Methoden viel bessere Lernergebnisse zu erzielen als auf herkömmliche Weise.«

Christine ist überrascht. Wie ihre Kolleginnen und Kollegen hat sie damit gerechnet, dass der Regierungsschuldirektor nur auf eine Gelegenheit warten würde, um ihr eins auszuwischen. Dass er sie nun sogar unterstützt, imponiert ihr.

Ausgelöst durch Christines ungewöhnlichen Unterricht und die unterstützenden Worte des Regierungsschuldirektors entwickelt sich eine angeregte Diskussion über Möglichkeiten und Grenzen solcher Lehr- und Lernmethoden. Und in der freien Natur scheinen auch die Gedanken freier und die Zungen lockerer zu werden als im Großen Saal des gefängnisartigen Gebäudes.

Nach mehr als zwei Stunden haben die meisten zum ersten Mal während dieser Fortbildung das Gefühl, dass sie etwas mitnehmen, was ihren Unterricht bereichern kann.

Zurück in der Akademie revidiert der Regierungsschuldirektor seinen Plan für den zweiten Teil des Vormittags, ermuntert die Lehrerinnen und Lehrer, die im Wald begonnene Diskussion in Gruppen weiterzuführen und bittet darum, die wichtigsten Ergebnisse schriftlich festzuhalten.

Beim Mittagessen fragt Christine, ob jemand wisse, wo der Kollege Beckstein sei.

»Er fühlte sich heute Morgen nicht wohl und wollte sich hinlegen«, antwortet der Regierungsschuldirektor.

Ob man nicht mal nach ihm schauen solle.

»Ich geh schnell«, sagt einer aus der grauen Gruppe, der das Zimmer neben Beckstein hat und sich deswegen verpflichtet fühlt. Er durchquert den Speisesaal, als hätte er eine wichtige Mission zu erfüllen, nimmt auf der Treppe jeweils zwei Stufen und nähert sich rasch Becksteins Zimmer.

Dort bleibt er stehen, hält kurz den Atem an und lauscht – es ist nichts zu hören. Er klopft an – keine Reaktion. Er klopft ein wenig drängender – wieder nichts. Er greift nach der Klinke, drückt sie und scheint überrascht zu sein, dass die Tür keinen Widerstand bietet. Langsam schiebt er sie auf, sieht Beckstein auf dem Boden liegen, will hineingehen, sieht das Blut, bleibt stehen, starrt das ihm unwirklich erscheinende Bild an, dreht sich um und eilt zurück in den Speisesaal, verharrt kurz, als fragte er sich, ob er das Bild wirklich gesehen hat, und sagt dann leise: »Da ... da ist Blut. Ich glaube, er ist tot.«

Gabeln bleiben auf halbem Weg zu Mündern in der Luft stehen, Bissen liegen ungekaut auf Zungen, Sätze sterben ab, das Leben scheint für ein paar Augenblicke stillzustehen.

Langsam beginnen die Gehirne wieder zu arbeiten, Gabeln landen beladen in Tellern, Bissen werden geschluckt, die neuen Sätze bestehen nur aus einem Wort:

Tot?

»Wie – tot?«, fragt Regierungsschuldirektor Bäumler.

Der Angesprochene zieht die Schultern hoch und murmelt: »Er liegt auf dem Boden und da« – er fasst sich an die Brust – »ist alles voller Blut.«

»Ein Arzt«, sagt eine Frau, »man muss einen Arzt holen.« Sie steht auf und läuft hinaus.

Der Regierungsschuldirektor folgt ihr.

Die andern schauen den grauen Lehrer an, als erwarteten sie weitere Auskünfte.

»Glauben Sie wirklich, dass der Kollege Beckstein tot ist?«, fragt jemand.

Er nickt und geht langsam zu seinem Platz.

»Das gibt's doch nicht.«

»Das glaub ich nicht.«

»Das kann nicht sein.«

»Wahrscheinlich ist er gestürzt und irgendwo angeschlagen, dass er blutet.«

Weitere Vermutungen werden angestellt, in der Hoffnung, das Geschehene mit Worten wenn nicht ungeschehen, so doch weniger schlimm zu machen.

Christine schaut zu Uschi, die mit gesenktem Kopf schräg gegenüber sitzt. Ansprechen will Christine sie jetzt nicht.

Es dauert nicht lange, bis die Lehrerinnen und Lehrer erfahren, dass ihre Worte vergeblich waren; ein Arzt hat Becksteins Tod festgestellt.

»Unser Kollege Beckstein ist keines natürlichen Todes gestorben«, sagt Regierungsschuldirektor Bäumler etwas umständlich. »Er ist … er wurde erschossen.«

# 13

Die Lehrerinnen und Lehrer sind im Speisesaal versammelt, als Hauptkommissar Eberle und sein Mitarbeiter, Kommissar Hartmann, eintreten und sich vorstellen.

Eberle fragt in die Runde, ob jemand etwas gesehen oder gehört habe, was zur Aufklärung des Falles wichtig sein könnte.

»Wir waren doch alle draußen im Wald, als das schreckliche Unglück passiert ist«, antwortet Regierungsschuldirektor Bäumler.

»Wir haben es nicht mit einem Unglück, sondern mit einem Mord zu tun«, korrigiert ihn Eberle.

»Das meine ich ja«, sagt der Regierungsschuldirektor. »Wenn das kein Unglück ist.«

Eberle schaut Hartmann vielsagend an. »Wenn wir richtig informiert sind, handelt es sich bei Ihnen um Gymnasiallehrer, die hier zur Fortbildung sind.«

»Richtig, und ich leite diesen Lehrgang.«

»Sind das nur Biologielehrer?«

»Wie kommen Sie denn darauf? Nein, hier sind alle Fächer vertreten.«

»Dann würde mich interessieren, was Sie da draußen im Wald gemacht haben, auch wenn die Frage nicht direkt zu unserem Fall gehört.«

»Das geht Sie in der Tat nichts an«, sagt Regierungsschuldirektor Bäumler einen Ton schärfer. »Aber ich will es Ihnen trotzdem sagen: Wir haben eine neue Lehr- und Lernmethode erprobt, und sie war sehr erfolgreich.«

Eberle weiß, dass er die nächste Frage eigentlich nicht stellen dürfte. Weil er Gymnasiallehrer seit seiner eigenen Schulzeit nicht mag und weil der Ton des Regierungsschuldirektors ihn zusätzlich reizt, kann er sich die Frage nicht verkneifen: »Heißt das, der Unterricht findet künftig im Wald statt?«

»Auf diesem Niveau werde ich mich nicht mit Ihnen unterhalten. Entweder Sie stellen uns Fragen zur Sache oder Sie lassen uns in Ruhe!«

Hartmann, der Eberles Abneigung gegen Lehrer kennt, versucht die Situation zu entschärfen, indem er fragt: »Unterrichtet jemand von Ihnen an der gleichen Schule wie Herr Beckstein?«

Niemand meldet sich.

»Kannte ihn jemand, ich meine, bevor Sie ihn hier kennengelernt haben?«

Christine und Uschi schauen sich kurz an.

»Wir waren vor vielen Jahren zusammen in Reutlingen am Friedrich-List-Gymnasium«, sagt Uschi.

»Wie lange ist das her?«

Uschi tut so, als überlegte sie. »Ungefähr fünfzehn Jahre.«

»Und seit damals hatten Sie keinen Kontakt zu ihm?«

Sie schüttelt den Kopf. »Ich habe ihn gestern zum ersten Mal wiedergesehen.«

»Sonst noch jemand?«, fragt Hartmann.

Uschi wartet, dass Christine sich meldet. Weil sie es nicht tut, sagt sie: »Frau Kaiser kennt ihn auch von früher.«

»Ich?« Christine schaut sie fassungslos an. »Das ist nicht wahr. Wie können Sie so etwas behaupten?«

»Das haben Sie gestern doch selbst zu mir gesagt, und Herr Beckstein hat bestätigt, dass Sie sich aus Tübingen kennen. Wollen Sie das etwa leugnen?«

»Ach so, das meinen Sie. Ja ... aber ... das war doch ganz anders.«

»Moment mal«, sagt Eberle, der sich wieder unter Kontrolle hat. »Mit Ihnen beiden würde ich mich gerne unterhalten. Die anderen können gehen. Ich möchte Sie aber bitten, sich vorerst zur Verfügung zu halten.«

Als die Ersten schon an der Tür sind, ruft Eberle: »Einen Augenblick noch! Hat jemand von Ihnen bemerkt, dass jemand die Gruppe im Wald verlassen hat, nachdem Herr Beckstein hierher zurückgegangen war?«

»Sie glauben doch nicht, dass ihn jemand von uns umgebracht hat«, sagt Regierungsschuldirektor Bäumler.

»Ich glaube gar nichts, ich halte mich an Tatsachen. Die erste Tatsache ist, dass wir einen Toten haben, die zweite Tatsache ist, dass ihn jemand erschossen hat, die dritte Tatsache ist, dass Sie alle hier zuletzt mit ihm zusammen waren.«

»Heißt das etwa, dass wir jetzt alle des Mordes verdächtigt werden?«, fragt ein Mathelehrer.

»Das habe ich nicht gesagt, aber Sie müssen mir schon erlauben, die Ermittlungen so zu führen, wie ich es für richtig halte. Deshalb wiederhole ich meine Frage: Hat jemand von Ihnen bemerkt, dass jemand die Gruppe verlassen hat?«

Niemand meldet sich.

»Gut, dann können Sie jetzt gehen.«

Eberle setzt sich mit halbem Po auf einen Tisch, so dass er Christine und Uschi sehen kann. Hartmann bleibt neben ihm stehen. Nachdem sich alle vier kurz vorgestellt haben, fragt Eberle die beiden Frauen, ob sie sich schon vor der Fortbildung kannten, was beide verneinen. Dann möchte er von Christine wissen, ob sie Beckstein von früher kannte.

Sie zögert mit der Antwort.

»Nun!«

»Ich würde gern allein mit Ihnen reden.«

Uschi wartet auf ein Zeichen von Eberle, bevor sie aufsteht und hinausgeht. Dann erzählt Christine alles, von ihrer ersten Begegnung mit Beckstein auf dem Parkplatz bis zu seiner Liebeserklärung und ihrer Antwort.

»Und wie kommt Ihre Kollegin dazu, zu behaupten, Sie und Herr Beckstein würden sich schon von früher kennen?«, fragt Eberle.

»Weil er gesagt hat, wir würden uns aus Tübingen kennen, aber das stimmt nicht …«

»Und warum sollte er das dann gesagt haben?«

»Ich weiß nicht, ich glaube, er wollte sie necken oder ihr eins auswischen.«

Eberle schaut Christine fragend an.

»Ich möchte nichts Falsches sagen, jetzt, wo es um einen Mord geht.« Christine schluckt. »Könnte es nicht sein, dass sich … dass Herr Beckstein Selbstmord begangen hat?«

»Wie kommen Sie denn darauf?«

»Er war … meine Antwort gestern Abend hat ihn sehr getroffen, glaube ich.«

»So sehr, dass Sie ihm einen Selbstmord zutrauen, obwohl Sie ihn erst einen Tag kannten?«

Christine zuckt mit den Schultern, ihre Augen füllen sich mit Tränen.

»Obwohl die Untersuchungen noch nicht abgeschlossen sind, können wir Selbstmord mit Sicherheit ausschließen. Darüber brauchen Sie sich also keine Gedanken oder gar Vorwürfe zu machen«, sagt Hartmann. »Aber wie Sie das vorhin mit dem Necken gemeint haben, das sollten Sie uns erklären.«

»Ja, also, ich glaube, die beiden hatten mal was miteinander, und für Frau Richter ist das noch nicht vorbei. Sie hat sofort registriert, dass Herr Beckstein, wie soll ich sagen, ein Auge auf mich geworfen hat. Das hat ihr nicht gepasst, denn ich vermute, sie wollte die Gelegenheit hier nützen, um wieder näher an ihn ranzukommen. Ich hatte das Gefühl, ihm war das eher lästig, und seine Bemerkung, wir würden uns noch aus Tübingen kennen, sollte ihr vermutlich signalisieren, dass sie keine älteren Rechte beanspruchen konnte. Anders kann ich mir und Ihnen das nicht erklären.«

»Woher wusste Herr Beckstein denn, dass Sie früher in Tübingen gelebt haben?«, möchte Eberle wissen.

»Das kann ich Ihnen nicht sagen. Ich kann nur noch mal betonen, dass ich Herrn Beckstein gestern zum ersten Mal in meinem Leben gesehen habe. Wenn Sie wollen, kann ich das auch beschwören.«

»Schon gut.«

»Warum sollte ich einen Mann umbringen, der mir gestern deutlich gezeigt hat, dass er mich mag?«, fragt Christine und fängt an zu schluchzen. »Das ist alles so schrecklich.«

»Beruhigen Sie sich bitte«, sagt Eberle. »Niemand behauptet, Sie hätten Herrn Beckstein umgebracht.« Er gibt seinem Kollegen ein Zeichen, der bringt Christine zur Tür und bittet Uschi herein.

»Sie kannten Herrn Beckstein also von früher«, beginnt Eberle das Gespräch. »Um was für eine Art Bekanntschaft handelte es sich denn dabei?«

»Ich glaube zwar nicht, dass Sie das etwas angeht, aber ich will es Ihnen trotzdem sagen: Wir waren nicht nur Kollegen, wir haben uns geliebt.«

Eberle sagt nichts, er schaut Uschi nur an, als warte er auf mehr.

»Aber er hat sich für seine Familie entschieden.«

»Ach, Herr Beckstein hatte schon Familie, als Ihr Verhältnis begann?«

»Das soll vorkommen«, sagt Uschi spitz.

»Es sollte nicht, doch es kommt leider vor«, gibt Eberle zurück, »sogar in den besten Familien, wie man hört.«

»Ihr Ton gefällt mir nicht.«

»Was glauben Sie, was mir alles nicht gefällt«, sagt Eberle. »Am wenigsten gefällt mir, dass ein Mann erschossen wurde, ein Mann, mit dem Sie mal ein Verhältnis hatten.«

»Was wollen Sie damit sagen?«

»Nichts, gar nichts«, wehrt Eberle ab.

»Wie ging es weiter, nachdem sich Herr Beckstein für seine Familie entschieden hatte?«, fragt Hartmann.

»Wir waren Kollegen, bis ich versetzt wurde.«

»Wurden Sie auf eigenen Wunsch versetzt?«

»Nein, auf Anordnung des Oberschulamtes.«

»Warum?«

»Nach Beendigung des Referendariats werden die meisten von uns an andere Gymnasien versetzt, das ist normal.«

»Was hat die Entscheidung von Herrn Beckstein für Sie bedeutet?«, mischt sich Eberle wieder ein.

»Sie hat wehgetan. Das können vermutlich sogar Sie verstehen. Aber so ist das Leben, damit muss man fertig werden.«

»Sind Sie verheiratet, oder besser gefragt, leben Sie mit einem Mann zusammen?«

»Zur Zeit nicht.«

Wieder wartet Eberle auf mehr.

»Was ist das eigentlich? Ein Verhör?«

»Nicht doch«, entgegnet Eberle, »das ist nur ein Gespräch, damit wir einen ersten Eindruck bekommen.«

»Wovon?«

»Von den Leuten, die mit dem Ermordeten zuletzt zusammen waren.«

»Sie verdächtigen uns also doch.«

Eberle schüttelt den Kopf. »In diesem frühen Stadium der Ermittlung verdächtigen wir noch niemanden. Wir versuchen nur, erste Teile für ein Puzzle zu finden, das uns irgendwann ein Bild zeigen wird. Wenn wir dieses Bild sehen, haben wir den Mörder oder die Mörderin.«

»Kann ich jetzt gehen?«, fragt Uschi.

»Bitte«, sagt Eberle und deutet mit der Hand zur Tür.

»Na?«, fragt er seinen Kollegen, als Uschi draußen ist. »Was meinst du?«

Hartmann zieht die Schultern hoch. »Schwer zu sagen. Die eine leugnet, Beckstein von früher zu kennen, obwohl sie selbst und er das zur anderen gesagt haben. Die andere hatte vor fünfzehn Jahren ein Verhältnis mit Beckstein, ihn seit damals aber nicht mehr gesehen – wenn sie die Wahrheit sagt.«

»Zweifelst du daran?«

»Irgendetwas stimmt bei der Frau nicht. Die Art, wie sie redet, ihr Blick, wenn sie redet, und ihre Körpersprache stimmen nicht überein.«

»Aha, dein berüchtigter sechster Sinn meldet sich mal wieder.«

Hartmann wendet sich ab und geht zur Tür.

»Nun sei doch nicht gleich eingeschnappt!«, ruft Eberle und folgt ihm.

Hartmann reagiert nicht und verlässt den Raum.

Draußen verstummen die Gespräche der Lehrerinnen und Lehrer. Hartmann geht an ihnen vorbei zur Anmeldung. Dort fragt er die Frau, ob sie Herrn Beckstein heute Vormittag habe zurückkommen sehen.

»Nein, aber eine türkische Frau hat nach ihm gefragt.«

»Wann?«

»Genau kann ich das nicht sagen, es könnte zwischen neun und zehn gewesen sein.«

»Wie kommen Sie darauf, dass es eine türkische Frau war?«

»Sie hat ein Kopftuch getragen und so ein gebrochenes Deutsch gesprochen, wie es Ausländer oft sprechen.«

»Und was haben Sie zu ihr gesagt?«

»Weil ich annahm, dass Herr Beckstein mit den anderen draußen beim Lehrgang war, habe ich ihr das auch gesagt.«

»Und sie? Was hat sie dann getan?«

»Sie wollte auf ihn warten.«

»Hier drinnen?«

»Nein, sie ging hinaus.«

»Hat sie gesagt, was sie von Herrn Beckstein wollte?«

»Sie müsse ihm etwas Wichtiges sagen.«

»Ist sie später noch mal hereingekommen?«

»Nein«, antwortet die Frau, schränkt jedoch sofort ein: »Ich habe sie jedenfalls nicht gesehen.«

Eberle, der bisher hinter Hartmann stand, stellt sich jetzt neben ihn. »Sie haben vorhin gesagt, Sie hätten Herrn Beckstein nicht zurückkommen sehen. Das heißt, jemand kann ins Haus kommen, ohne dass Sie es bemerken.«

»Ich bin hier nicht als Aufpasserin, ich habe meine Arbeit zu tun«, verteidigt sich die Frau.

»Niemand macht Ihnen einen Vorwurf«, sagt Eberle. »Sie haben nicht zufällig gesehen, ob die Frau mit einem Auto gekommen oder weggefahren ist?«

»Nein, hab ich nicht.«

Eberle bittet die Frau, die Unbekannte zu beschreiben. Anschließend geht er mit Hartmann noch einmal zum Tatort. Die Leiche ist schon weg, die Leute von der Spurensicherung sind noch bei der Arbeit.

»Gibt's irgendetwas Wichtiges?«, fragt Eberle.

Ein grauhaariger Mann zieht die Augenbrauen hoch und atmet hörbar unzufrieden aus. »Fehlanzeige! Der Täter oder die Täterin hat die Spuren sorgfältig beseitigt. Aber etwas übersehen alle, und dieses Etwas werden wir finden«, macht er sich selbst Mut.

»Dann strengt euch mal an«, sagt Eberle. »Wir fahren inzwischen zu der Frau des Ermordeten.«

# 14

»Angelika, kannst du bitte mal kommen!«, ruft Petra durch den Flur.

Angelika, die gerade in ein Krankenzimmer gehen wollte, zieht die Tür wieder zu und geht zügig den Flur entlang. »Was gibt's?«

Petra schaut sich kurz um. »Da drin sind zwei Männer von der Kriminalpolizei, die dich sprechen wollen«, sagt sie leise.

Angelika erschrickt. »Aber … aber ich … warum?«

»Sie haben mir nicht gesagt, worum es geht.« Schwester Petra öffnet die Tür zum Stationszimmer und schiebt Angelika mit sanftem Druck hinein.

»Grüß Gott«, sagt Eberle. »Sind Sie Angelika Beckstein?«

Sie nickt.

»Setzen Sie sich doch bitte.«

Angelika zieht einen Stuhl vom Tisch weg, setzt sich und schaut zu Eberle hoch.

»Wir müssen Ihnen leider ein traurige Mitteilung machen«, beginnt er. »Ihr Mann … äh, es ist ihm etwas zugestoßen.« Er zögert und wartet, wie sie reagiert.

»Zugestoßen?«

»Frau Beckstein, Ihr Mann ist tot.«

Angelika schaut ihn an, öffnet den Mund, als wollte sie etwas sagen, bleibt stumm, schließt den Mund wieder und schluckt. »Tot«, sagt sie schließlich und lauscht dem Wort nach. »Wieso tot? Das kann doch nicht sein.«

Eberle nickt. »Leider ist es so; er wurde ermordet.«

Angelika schüttelt den Kopf, und ein unsicheres Lächeln zieht über ihr Gesicht. »Das ist nicht wahr. Sie wollen mich testen oder reinlegen.«

»In solchen Dingen mache ich keinen Spaß, Frau Beckstein«, sagt Eberle. »Ihr Mann ist tot, er wurde erschossen.«

Wieder schüttelt Angelika den Kopf, heftiger als zuvor. »Das kann nicht sein, das ist unmöglich, ich … ich habe doch gar nicht geschossen.«

Eberle und Hartmann schauen sich verwundert an. Beide glauben, Angelika sei durch die Nachricht vom Tod ihres Mannes so durcheinander, dass sie wirres Zeug redet.

»Frau Beckstein, beruhigen Sie sich«, sagt Hartmann. »Niemand behauptet, Sie hätten geschossen.«

»Hab ich auch nicht, aber warum ist er dann tot?«

»Weil ihn jemand erschossen hat«, antwortet Hartmann, wobei er jedes Wort betont, so, als spräche er mit einer Kranken.

»Jemand anders?«

»Genau.«

»Wer?«

»Um das herauszufinden, sind wir hier und würden Ihnen gern ein paar Fragen stellen«, sagt Eberle.

»Oder sollen wir lieber morgen noch mal kommen?«, fragt Hartmann.

»Nein, nein, fragen Sie nur.«

Eberle und Hartmann stellen die üblichen Fragen nach Lebensweisen, besonderen Interessen, Hobbys, Personen aus dem Umfeld und möglichen Feinden. Aus Angelikas Antworten ergeben sich keinerlei Anhaltspunkte.

»Gab es vielleicht Drohungen von einem Schüler oder einer Schülerin gegen Ihren Mann?«

»Nicht dass ich wüsste«, sagt Angelika. »Und nach dem, was unsere Kinder so erzählen, werden manche Lehrer am Schiller-Gymnasium viel mehr gehasst als er. Nein, das glaube ich nicht, da wären ein paar andere vor ihm dran gewesen.«

»Hat Ihr Mann türkische Schüler unterrichtet?«

»Das kann sein, warum?«

»Eine türkische Frau hat heute Vormittag in der Akademie nach Ihrem Mann gefragt«, antwortet Eberle. »Es müsste schon ein großer Zufall sein, wenn sie nichts mit dem Mord zu tun hätte.«

»Sie hat nichts damit zu tun.«

Eberle und Hartmann sind überrascht.

»Woher wollen Sie das wissen?«, fragt Eberle.

Angelika kann sich ein Lächeln nicht verkneifen. »Die türkische Frau war ich.«

»Sie?!«

»Ja, ich.«

»Das müssen Sie uns bitte erklären«, sagt Hartmann.

Angelika erzählt, wie der Gedanke in ihr reifte, ihren Mann umzubringen, wie sie verschiedene Möglichkeiten durchdachte, wie sie Herrn Allersens Pistole entdeckte, wie sie beschloss, als Türkin verkleidet zur Akademie zu fahren und Beckstein dort zu erschießen.

»Ich bat die Frau an der Anmeldung, ihn zu holen, weil ich ihm etwas Wichtiges sagen müsste. Sie sagte, die Gruppe sei auf einem Lerngang. Ich wartete draußen im Auto, einem Mietwagen, den ich extra genommen hatte, damit mein Mann nicht zufällig den Polo entdeckte und aufmerksam wurde. Außerdem hätte der Polo die Polizei auf meine Spur führen können. Ich wartete noch nicht lange, da kam ein Mann zu Fuß die Einfahrt zur Akademie entlang. Er war es. Ich nahm die Pistole aus der Handtasche, versteckte mich hinter einem Strauch und ließ ihn näher kommen. Dann hob ich die Pistole, zielte auf ihn, aber ich schaffte es nicht abzudrücken. Er ging an dem Strauch vorbei, ich ließ die Pistole sinken, wartete, bis er im Haus verschwunden war, und fuhr davon.«

»Sie haben also geplant, Ihren Mann in der Akademie zu erschießen – und er wurde in der Akademie erschossen«, stellt Eberle fest.

»Aber nicht von mir.«

»Das werden wir bald wissen.«

»Wo ist die Pistole?«, fragt Hartmann.

»In Herrn Allersens Schrank zwischen seiner Wäsche – aber Sie dürfen die Pistole nicht holen, sonst denkt er, ich hätte ihn verraten.«

»Wieso hat der im Krankenhaus überhaupt eine Pistole?«, möchte Eberle wissen.

Angelika erzählt ihm Herrn Allersens Krankengeschichte und von seiner Ankündigung, sich umzubringen, wenn ihm das Beim amputiert werden solle.

»Und diesem Mann legen Sie die Pistole wieder in den Schrank, damit er sich erschießen kann«, sagt Eberle vorwurfsvoll.

»Aber nein ... ich ... ich ...« Angelika ist den Tränen nahe.

»Wir brauchen die Pistole«, sagt Hartmann. »Am besten, Sie bringen den Mann aus seinem Zimmer, dann merkt er nicht, wenn wir sie holen.«

»Es liegt noch ein Mann in dem Zimmer«, sagt Angelika.

»Dann bringen Sie den auch raus!«, brummt Eberle schon leicht gereizt.

Angelika sitzt auf dem Stuhl und weiß nicht, was sie jetzt tun soll.

»Nun gehen Sie schon, wir warten hier«, sagt Hartmann. »Moment, welche Nummer hat das Zimmer?«

»307«, antwortet Angelika, geht hinaus, schaut sich nach Petra um und sagt ihr, Herr Allersen und Herr Papadopoulos müssten aus ihrem Zimmer gebracht werden, sie erkläre ihr alles später.

Als Angelika und Petra mit den Männern in ihren Betten am Stationszimmer vorbei sind, kommen Eberle und Hartmann, die alles beobachtet haben, heraus und gehen rasch zu Zimmer 307. Hartmann bleibt an der Tür stehen und schaut den Flur entlang.

Es dauert keine zwei Minuten, bis Eberle die Pistole findet. »Ich kann mir auch nicht vorstellen, nur noch mit einem Bein leben zu müssen«, murmelt er.

»Das kann sich niemand vorstellen«, meint Hartmann.

Nachdenklich gehen sie zurück zum Stationszimmer. Hartmann gibt Angelika ein Zeichen. Sie und Petra schieben die Betten wieder in Zimmer 307.

Als Angelika ins Stationszimmer kommt, fragt Eberle, wie denn die Chancen von Herrn Allersen seien, dass er sein Bein behalten könne.

»Nicht besonders gut.«

»Hm«, macht Eberle und schaut an Angelika vorbei. Er sieht eine alte Frau im Rollstuhl heranrollen. Auch sie hat nur noch ein Bein.

»Schwester Angelika, Frau Bitzer schläft den ganzen Tag«, beschwert sie sich. »Mit der kann ich gar nicht reden, das ist so langweilig. Haben Sie keine Frau auf der Station, mit der es unterhaltsamer ist?«

»Sie brauchen auch Ruhe, Frau Schultheiß.«

»Ach was, Ruhe habe ich mehr als genug, wenn ich gestorben bin. Aber jetzt lebe ich noch, und ich möchte nicht vor Langeweile sterben.«

Angelika seufzt leise. »Also gut, Frau Schultheiß, ich werde das mit Schwester Petra besprechen.«

»Aber bitte bald«, sagt sie, wendet ihren Rollstuhl und fährt davon.

Eberle schüttelt den Kopf. »Das ist ja ein Ding! Diese Energie, und das nach einer Amputation.«

»Frau Schultheiß ist eine ungewöhnliche Patientin«, sagt Angelika. »Sie ist das eine Extrem, Herr Allersen das andere.«

»Keine leichte Aufgabe für Sie und Ihre Kolleginnen.« Eberle nickt anerkennend. »Was hat denn Ihr Mann zu Ihrer Arbeit gesagt?«

Angelika überlegt, wann sie mit ihm zum letzten Mal darüber gesprochen hat. Das ist lange her, so lange, dass sie keine klaren Bilder mehr davon abrufen kann. »Er hat sich nicht dafür interessiert«, antwortet sie.

»Nun gut«, sagt Eberle und wird wieder förmlicher. »Frau Beckstein, ich muss Sie bitten, die Stadt nicht zu verlassen. Wenn Ihnen noch etwas einfällt, was wichtig sein könnte, melden Sie sich bitte.« Er gibt ihr seine Karte.

Hartmann möchte noch wissen, bei wem Angelika den Wagen gemietet hatte. Dann verlassen die Kommissare das Krankenhaus.

# 15

Er ist tot.

Ich habe nicht geschossen, und trotzdem ist er tot.

Jemand anders hat ihn erschossen.

Aber wer?

Und warum?

Diese Sätze wiederholt Angelika immer wieder, mal in Gedanken, mal vor sich hinmurmelnd. Sie sitzt im Wohnzimmer, hat ihre Kinder über die Handys erreicht und sie gebeten, so schnell wie möglich nach Hause zu kommen.

Warum hat ihn jemand erschossen? Nicht einmal ich habe es geschafft, auf ihn zu schießen, obwohl es um mein Leben ging. Worum ging es dem Jemand? Wie groß muss seine Wut oder sein Hass gewesen sein, dass er die Kraft hatte, abzudrücken? Und warum hat dieser Jemand ihn so gehasst? Was muss er diesem Jemand angetan haben? Schlimmeres als mir? Was könnte das gewesen sein?

Angelika findet keine Antwort auf diese Fragen, und ihr wird wieder bewusst, wie wenig sie von ihrem Mann nach zwanzig Jahren weiß. Jetzt ist sie sicher, dass ihre Wege nicht nur auseinanderliefen, weil er sich mit den Jahren immer weniger um ihr gemeinsames Leben kümmerte, sich immer mehr in seine Welt zurückzog und keinerlei Interesse für ihre Welt zeigte, nein, da musste noch etwas anderes gewesen sein: ein Geheimnis. Ihr fallen die *Liebestollen Schülerinnen* ein, mit denen er es onanierend getrieben hat. Vielleicht hat er es ja nicht nur mit Pornomädchen getrieben, sondern mit wirklichen Schülerinnen. Da wäre er nicht der Erste. Angelika muss an die zahlreichen Berichte denken, die sie allein in den letzten Monaten dazu gelesen hat. Lehrer, Erzieher und auch Pfarrer vergehen sich an Schülerinnen und Schülern, missbrauchen und benützen sie für ihre eigene Lust. Wenn so ein Fall aufgedeckt wird, sind die meisten Leute aus dem Umfeld des Täters überrascht, hätten so etwas nie gedacht, weil er doch ein so netter Mensch war. Netter Mensch, wenn ich das schon höre! Nach außen sind die meisten von uns mehr oder weniger nette Menschen, aber von unseren Gedanken und Gefühlen, Wünschen und Begierden haben andere keine Ahnung. Wenn ich gestern den Zeigefinger gekrümmt hätte, wäre ich eine kaltblütige Mörderin. Auch bei mir würden die Leute sagen, das hätten sie nie für möglich gehalten, ich sei doch eine so fürsorgliche Frau und Mutter gewesen, eine gute Krankenschwester noch dazu, man hätte nie gedacht, dass es in unserer Familie, die wie eine Vorzeigefamilie gewesen sei, oder zwischen meinem Mann und mir Probleme gegeben habe. Und der Mann vom Lochen? Der ist wahrscheinlich auch ein netter Mensch. Seine Familie und seine Bekannten würden wohl nicht glauben, dass er eine wildfremde Frau vergewaltigen wollte.

Je länger Angelika darüber nachdenkt, desto stärker wird die Vorstellung, das Geheimnis ihres Mannes seien seine unerlaubten Begierden gewesen, die er in irgendeiner Form ausgelebt haben musste. Vielleicht trieb er es tatsächlich mit Schülerinnen, vielleicht hat er sie dazu gebracht, ihm seine geheimsten Wünsche zu erfüllen.

Plötzlich schämt sich Angelika, dass sie so über den Mann denkt, der ihr Mann war, mit dem sie fast die Hälfte ihres Lebens verbracht hat und der jetzt tot ist, obwohl er erst die Hälfte seines Lebens gelebt hat.

Hälfte des Lebens, immer wieder. Ach, Hölderlin! Wer hat ihm die zweite Hälfte des Lebens genommen und mir damit geschenkt? Ist es wirklich ein Geschenk, kann ich je wieder trunken von Küssen sein, wissend, dass ich den Finger am Abzug hatte und nur wenige Millimeter zur Mörderin fehlten. Weh mir!

Angelika hört, wie die Haustür aufgeschlossen wird.

»Mama, wo bist du?«, ruft Benjamin.

»Hier«, antwortet sie.

Benjamin tritt ins Wohnzimmer, und Angelika schießen Tränen in die Augen.

»Mama, was ist?«

Sie steht auf, drückt ihren Sohn, der sie um mehr als einen Kopf überragt, an sich oder sich an ihn und murmelt mit tränenerstickter Stimme: »Etwas Schreckliches ist passiert, Benni.« Sie zögert, zieht die Nase hoch. »Dein ... Papa ist ... er ist tot.« Kaum hat sie es ausgesprochen, spürt sie, wie das Leben in Benjamin stockt und dann nach unten sackt.

Es dauert eine Weile, bis er in der Lage ist, etwas zu sagen. »Wieso tot?«

Angelika löst sich von ihm, nimmt ihn an die Hand wie einen kleinen Jungen und setzt sich mit ihm aufs Sofa.

In diesem Augenblick kommt Anne herein und fragt, wieso sie unbedingt sofort kommen musste, was es denn so Wichtiges gebe. Noch während sie das vorwurfsvoll sagt, merkt sie, dass etwas anders ist als sonst, wechselt den Ton und fragt beinahe ängstlich: »Mama, was ist denn?«

»Papa ist tot«, sagt Benjamin ohne jede Gefühlsregung.

Anne guckt ihren Bruder an, als müsste sie sich verhört haben.

»Papa ist tot«, wiederholt er ein wenig lauter.

»Wie, tot?«, fragt Anne.

Angelika streckt die Hand aus und zieht Anne zu sich an ihre freie Seite. »Man hat Papa heute Morgen in der Akademie in seinem Zimmer gefunden«, beginnt sie.

»Hatte er einen Unfall?«, fragt Benjamin.

Sie schüttelt den Kopf und drückt die Hände ihrer Kinder fester. »Er wurde erschossen.«

»Das glaub ich nicht«, sagt Anne und schüttelt heftig den Kopf. »Du lügst!«

»Woher weißt du das?«, fragt Benjamin, und man hört, dass auch er an den Worten seiner Mutter zweifelt.

»Vorhin waren zwei Polizisten im Krankenhaus und haben es mir gesagt.«

»Das glaub ich nicht!«, ruft Anne wieder, springt auf und läuft hinaus.

»Anne!« Angelika geht ihr hinterher.

Anne liegt in ihrem Zimmer auf dem Bett, den Kopf ins Kissen gedrückt. Angelika setzt sich zu ihr und streicht ihr übers Haar. Auch Benjamin kommt herein, bleibt zuerst vor den beiden stehen, setzt sich dann auf den Boden und fragt leise: »Und er ist wirklich …«

Anne hält sich die Ohren zu und schreit ins Kissen: »Sei still!«

Sie dürfen nie erfahren, dass ich ihn erschießen wollte, denkt Angelika. Sonst verliere ich beide.

# 16

Der Lehrgang über zeitgemäße Lehr- und Lernformen wird abgebrochen, worüber sich die meisten Teilnehmer freuen, auch wenn ihnen der Preis dafür zu hoch erscheint. Eberle und Hartmann befragen alle Lehrerinnen und Lehrer noch einmal einzeln, doch es ergeben sich keine neuen Gesichtspunkte. Allenfalls die Aussage Norbert Köpplers ist von gewissem Interesse. Er berichtet, ihm sei während der gestrigen Gruppenarbeit aufgefallen, dass zwischen Frau Richter und Frau Kaiser ein eigenartig gespanntes Verhältnis bestand, wobei Frau Richter sich mehrfach in spitzem, ja leicht aggressivem Ton gegenüber Frau Kaiser geäußert habe. Die habe sich davon allerdings nicht anstecken lassen. Sie habe vermutlich auch nicht gemerkt, wie Herr Beckstein sie anschwärmte, weil sie nur Schule und Schüler im Kopf habe. Das sei jedenfalls sein Eindruck gewesen.

Diesen Eindruck bestätigt Regierungsschuldirektor Bäumler. Er habe selten eine so interessierte und engagierte Lehrerin erlebt. Ihr liege viel an einer Verbesserung des Unterrichts am Gymnasium, und sie habe dafür auch gute Ideen. Von den meisten anderen Teilnehmern könne er das leider nicht sagen, auch nicht von Herrn Beckstein. Der habe gestern öfter so gewirkt, als sei er mit seinen Gedanken ganz woanders.

Eberle lässt sich eine Teilnehmerliste geben. Dann machen er und Hartmann Feierabend.

Am nächsten Morgen treffen sie sich um acht in Eberles Zimmer. Er gibt die Teilnehmerliste einem jungen Mitarbeiter, bittet ihn, alle durch den Computer zu jagen und bei Frau Richter besonders genau nachzufragen.

Der grauhaarige Mann von der Spurensicherung berichtet, dass sie außer zwei Haaren nichts gefunden hätten.

»Der Länge nach zu urteilen, müssten sie von einer Frau stammen, aber so genau weiß man das ja heute auch nicht mehr«, grummelt er gefrustet. »Bis heute Nachmittag kann ich mehr sagen.«

»Wissen wir schon Genaueres über den Zeitpunkt der Tat?«, fragt Eberle in die Runde.

»Moment«, sagt der junge Mitarbeiter und sucht auf seinem mit Ordnern, Schnellheftern, Blättern und Zetteln übersäten Schreibtisch herum. »Da ist es!« Triumphierend hält er ein Blatt hoch. »Doktor Hallmeyer hat gestern noch angerufen und gesagt, der Tod sei zwischen 9.45 Uhr und 10.15 Uhr eingetreten.«

Eberle zieht die Brauen hoch. »Ordnung ist das halbe Leben!«

»Was ist dann die andere Hälfte?«, fragt sein junger Mitarbeiter grinsend.

Darauf antwortet Eberle nicht. Er und Hartmann machen sich auf den Weg zum Schiller-Gymnasium, wo Beckstein unterrichtet hat. Zuerst sprechen sie mit dem Schulleiter, Herrn Allmeier.

»Ich kann es noch gar nicht fassen«, sagt er. »Wer tut so etwas und warum?«

»Das wollen wir herausfinden«, antwortet Hartmann, der das Gespräch führt, damit es wegen Eberles Abneigung gegen Lehrer nicht wieder zu unliebsamen Zwischenfällen kommt. »Was war Herr Beckstein für ein Lehrer? Hatte er Schwierigkeiten mit irgendwelchen Schülern? Gab es vielleicht sogar Drohungen?«

»Drohungen?«, fragt Herr Allmeier leicht empört. »Wie kommen Sie denn darauf? So etwas gibt es bei uns nicht. Und gegen Herrn Beckstein schon gar nicht. Er ist … äh, er war … ein engagierter Pädagoge, im Kollegium gleichermaßen beliebt wie bei den Schülern. Von Schwierigkeiten ist mir nichts bekannt. Er war fachlich kompetent, korrekt und zuverlässig.«

»War er mit jemandem aus dem Kollegium befreundet?«

»Befreundet?« Herr Allmeier reibt sich nachdenklich am Kinn. »Nein, so richtig befreundet war er meines Wissens mit niemand. Herr Beckstein gehörte zu den Kollegen, die Beruf und Privatleben trennen wollen. Wenn man mit Kollegen in der Freizeit zusammen ist, wird da auch noch über Schule geredet. Ich weiß nicht, wie das bei Polizisten ist, bei Lehrern ist es so. Und das wollte Herr Beckstein eben nicht. Er war ein Familienmensch und fühlte sich im Kreise seiner Familie am wohlsten. Die armen Kinder. Für Anne und Benjamin ist es am schlimmsten. Auch wenn sie schon groß sind, wird ihnen der Vater fehlen. Wir erleben es doch jeden Tag, wie wichtig für die Kinder eine intakte Familie ist.«

»Und die Becksteins waren eine intakte Familie?« Mit dieser Frage mischt sich Eberle nun doch in das Gespräch ein.

Hartmann wirft ihm einen kurzen Blick zu, dem Eberle sofort ausweicht.

»Natürlich«, antwortet Herr Allmeier.

»Dann habe ich noch eine Frage«, kommt Eberle seinem Kollegen zuvor: »Wenn Herr Beckstein im Kollegium keine Freunde hatte, hatte er vielleicht Feinde?«

»Feinde? Entschuldigen Sie, wenn ich das so deutlich sage: Feinde ist ein völlig unpassendes Wort im Zusammenhang mit meinem Kollegium. Selbstverständlich sind einem manche weniger sympathisch als andere – das wird bei Ihnen genauso sein –, aber wir sind doch nicht verfeindet! Und wenn Sie mit dieser Frage gar darauf anspielen, dass jemand aus meinem Kollegium Herrn Beckstein … ich meine, dass jemand von uns … das ist ja absurd!«

»Absurd?«, wiederholt jetzt Eberle. »Was glauben Sie, was wir tagtäglich erleben? Da kommen die absurdesten Sachen in den besten Familien und Kollegien vor.«

»Aber so etwas …«

»Auch so etwas.«

»Herr Allmeier«, sagt Hartmann, um das Gespräch wieder an sich zu ziehen, »wir würden gerne noch mit ein paar Schülern reden.«

»Wozu? Sie glauben doch nicht …«

»Wir glauben gar nichts, wir möchten uns nur ein Bild von Herrn Becksteins Umfeld machen. Dazu gehören auch die Schüler.«

»Und Sie haben ja wohl nicht vergessen, dass in den letzten Jahren etliche Lehrerinnen und Lehrer von Schülern getötet wurden«, setzt Eberle noch eins drauf.

»Bei uns ...«

»Das haben die in Erfurt auch gedacht, das denken alle: Bei uns gibt's so was nicht, das passiert nur anderswo. Und dann?«

Herr Allmeier schüttelt den Kopf und murmelt: »Wenn Sie recht hätten ...« Er redet nicht weiter, spricht nicht aus, was das bedeuten würde.

»Wir verstehen ja, dass Sie von Ihren Kollegen und von den Schülern nur das Beste denken«, sagt Hartmann, »aber Sie müssen auch uns verstehen. Jemand hat Herrn Beckstein erschossen. Wir wollen die Mörderin oder den Mörder finden und können bei der Suche nicht von vorneherein eine Gruppe von Menschen aus dem Umfeld des Ermordeten ausschließen. Deswegen möchten wir gern mit ein paar Schülern reden, die bei Herrn Beckstein Unterricht hatten.«

»Aber bitte nicht nur mit den Vorzeigeschülern, sondern auch mit anderen«, fügt Eberle hinzu. »Damit wir kein falsches Bild kriegen.«

»Moment bitte.« Herr Allmeier verlässt das Zimmer und kommt wenig später mit mehreren Listen zurück.

Eberle schlägt vor, dass er und Hartmann von jeder Liste zwei Schüler nach dem Zufallsprinzip auswählen.

Man sieht Herrn Allmeier an, dass ihm das nicht gefällt, dennoch widerspricht er nicht, bittet allerdings darum, die Schüler der Unter- und Mittelstufe zu verschonen.

»Die aus den neunten und zehnten Klassen hätte ich schon gerne dabei«, sagt Eberle.

Kurze Zeit später stehen zwölf Schülerinnen und Schüler im Rektorat. Eberle und Hartmann möchten allein mit ihnen reden und gehen in ein Besprechungszimmer, wo sie ungestört sind.

Die jungen Leute fühlen sich unwohl, das ist deutlich zu sehen. Ein Mädchen weint. Es dauert eine Weile, bis die Antworten nicht nur aus »Ja«, »Nein« und »Weiß nicht« bestehen.

Plötzlich beginnt einer der Älteren zu reden. »Sie wollen wissen, ob ein Schüler den Beckstein erschossen hat. Das weiß ich nicht, aber möglich ist alles. Viele von uns hätten am liebsten schon den einen oder andern Pauker umgenietet. Wenn Sie wüssten, was in den Klassen manchmal abgeht, würden Sie uns verstehen. Ich hab auch schon mal gesagt: Den bring ich um, aber ich tu's nicht, ich bin ja nicht bescheuert. Wenn einer von uns mal gesagt hat, er bringt den Beckstein um, heißt das noch lange nicht, dass er's auch getan hat.«

»Hast du oder habt ihr anderen denn mal gehört, dass jemand das gesagt hat?«, möchte Hartmann wissen.

Alle schütteln die Köpfe.

»So schlimm war Herr Beckstein gar nicht«, sagt ein Mädchen, »da gibt's viel Schlimmere.«

»Klar«, bestätigt ein Junge, »verglichen mit Beinhauer oder Egerling war er fast schon angenehm.«

»Wie Einstein schon sagte: Es ist alles relativ«, kommentiert ein anderer.

»Wenn ich euch recht verstehe, ist es relativ unwahrscheinlich, dass ihr uns in diesem Fall weiterhelfen könnt«, stellt Eberle fest, bedankt sich bei den jungen Leuten und beendet das Gespräch.

Anschließend unterhalten er und Hartmann sich noch mit den beiden Lehrern, die im Lehrerzimmer neben Beckstein saßen. Sie korrigieren das vom Schulleiter gezeichnete Bild eines harmonischen Kollegiums und verschweigen nicht, dass es Grüppchen und Einzelkämpfer gebe, zwischen denen es immer wieder zu Meinungsverschiedenheiten komme, die durchaus auch mal heftig ausgetragen würden.

Aber das sei bei etwa sechzig Leuten ja normal. Beckstein habe zu den Einzelkämpfern gezählt, allerdings nicht viel gekämpft, sondern sich lieber zurückgezogen und vor allem seine Ruhe haben wollen. Die Arbeit als Lehrer habe ihm schon lange keine Freude mehr gemacht, ja, sie sei ihm zunehmend lästig geworden. Er wäre viel lieber Schriftsteller gewesen und habe wohl intensiv an einem Buch über Goethe gearbeitet, mit dem er den Durchbruch erhoffte, nachdem sein Buch über Hölderlin nicht gerade erfolgreich gewesen sei.

Dass jemand aus dem Kollegium die Tat begangen hat, halten sie für ausschlossen.

Und ein Schüler?

Bei 800 Schülern würden sie zwar nicht für jeden die Hand ins Feuer legen, und heute müsse man ja mit allem rechnen, aber konkrete Anhaltspunkte für so eine Tat habe es nicht gegeben.

# 17

Angelikas Mutter kommt, und diesmal ist sie froh darüber. Nicht dass sie von ihr Trost erwartet, sie braucht keinen, und wenn sie welchen bräuchte, ihre Mutter könnte sie nicht trösten, hat es nie gekonnt, auch nicht, wenn sie als Kind gefallen ist und sich die Knie aufgeschlagen oder sich mit einem Messer geschnitten hat. Wer langsam tut, kommt auch ans Ziel. Messer, Gabel, Schere, Licht sind für kleine Kinder nicht. Wer nicht hören will, muss fühlen. Angelika hört die Sprüche heute noch. Und zum Schluss hieß es fast immer: Bis zur Hochzeit ist es wieder gut. Das konnte die kleine Angelika nicht trösten, denn ihre Knie oder der Schnitt im Finger taten jetzt weh, sie verlangten jetzt nach Pusten und Bemutterung, nicht nur nach einem Pflaster und der Hoffnung, dass irgendwann alles wieder gut sein würde.

Angelikas Mutter möchte wissen, ob sie für die Beerdigung schon etwas in die Wege geleitet habe.

»Dafür habe ich überhaupt gar keinen Kopf.«

»Das muss aber getan werden, und zwar möglichst schnell.«

»Ich weiß nicht, was man da tun muss.«

»Deswegen gibt es so Merkblätter, auf denen alles steht, was bei einem Todesfall zu erledigen ist.«

»Ich habe kein Merkblatt«, sagt Angelika gereizt. »Ich rufe jetzt ein Bestattungsunternehmen an …«

»Was meinst du, was so was kostet!«

»Das ist mir egal!«

Angelika geht in den Flur, nimmt das Telefonbuch und braucht nicht einmal zu blättern. Auf Vorder- und Rückseite werben zwischen den Anzeigen von 24-Stunden-Notdiensten für verstopfte Rohre auch drei Bestattungsunternehmen für sich. Angelika entscheidet sich für die Firma Rosenberg, weil ihr der Name sympathischer ist als die beiden anderen. Nach dem kurzen Gespräch sagt sie zu ihrer Mutter: »In einer halben Stunde kommt jemand, mit dem kannst du dann alles besprechen. Du kennst dich da besser aus als ich.«

»Ich verstehe nicht, dass dir die Beerdigung deines Mannes so gleichgültig ist.«

Du verstehst manches nicht, hätte Angelika beinahe gesagt, hält die Worte jedoch zurück und fragt stattdessen: »Möchtest du einen Tee oder einen Kaffee? Ich brauche jetzt einen starken Kaffee.«

»Ich trinke Tee, und als Krankenschwester solltest du wissen, dass starker Kaffee ungesund ist.«

»Das ganze Leben ist ungesund«, gibt Angelika zurück und verschwindet in der Küche.

Bis Tee und Kaffee fertig sind, geht sie hin und her wie ein Tiger im Käfig. Dabei ist sie jetzt frei. Ihr Mann, der ihrem neuen Leben im Weg stand, ist tot. Sie begreift noch immer nicht, warum er tot ist, obwohl sie nicht geschossen hat. Plötzlich durchzuckt sie ein Gedanke: Oder habe ich doch geschossen? Vielleicht erinnere ich mich nur nicht mehr daran, vielleicht hatte ich einen Blackout, einen Filmriss, einen Aussetzer.

Sie schließt die Augen, fährt in Gedanken noch einmal zur Akademie, hält unterwegs auf einem Parkplatz und verwandelt sich in eine türkische Frau. Dann fährt sie weiter und probt unterwegs ein paar Sätze in gebrochenem Deutsch: Ich suchen Herr Beckstein. Du ihn holen und sagen ihm, ist wichtig. Ich ihm muss Wichtiges sagen. Herr Beckstein ist Lehrer von meine Sohn.

Weil er nicht im Haus ist, wartet sie in dem gemieteten Wagen, sieht ihn den Weg entlangkommen, nimmt die Pistole aus der Handtasche, geht gebückt zu einem Strauch und versteckt sich dahinter, wartet, bis er so nah ist, dass sie ihn auch bestimmt richtig trifft, zielt auf seine Brust – doch sie kann sich nicht erinnern, abgedrückt zu haben. Sie hört auch keinen Schuss, sieht Beckstein nicht fallen, sondern weitergehen und im Haus verschwinden.

Vielleicht bin ich ihm gefolgt, habe ihn im Haus erschossen und bin erst dann weggefahren. Vielleicht hat sich mein

Gehirn geweigert, die Tat zu speichern, und nun weiß ich nichts von ihr.

Angelika fragt sich, ob es so wichtig ist, ob sie nun geschossen hat oder nicht. Sie wollte ihren Mann umbringen, hat verschiedene Möglichkeiten durchdacht und sich schließlich dafür entschieden, ihn zu erschießen, ohne dass sie in Verdacht geraten würde, weil sie nicht im Gefängnis landen, sondern ein neues Leben beginnen wollte.

Vor einem halben Jahr hat sie mit Benjamin mal ein Fußballspiel gesehen – seinem Vater war Fußball stets zu profan –, und Benjamin hat sich furchtbar aufgeregt, als ein spanischer Abwehrspieler nach einem deutschen Stürmer trat. Er hat ihn doch gar nicht getroffen, versuchte sie Benjamin zu beruhigen. Das ist egal!, rief er. Schon der Versuch ist strafbar! Der Treter gehört vom Platz!

Schon der Versuch ist strafbar. Und ich habe es versucht, nicht nur in Gedanken, ich habe den Finger schon am Abzug gehabt. Deswegen gehöre ich bestraft, auch wenn ich nicht abgedrückt habe.

»Mama, ich hab Hunger«, sagt Benjamin und reißt sie damit aus ihren Gedanken. Es klingt fast wie eine Entschuldigung. Normalerweise sagt Benjamin das auch nicht, sondern geht an den Kühlschrank und nimmt heraus, wonach er Lust hat, oder er holt eine Pizza aus der Tiefkühltruhe.

»Soll ich noch etwas kochen?«

Er schüttelt den Kopf. »Das dauert mir zu lang.«

»Will Anne nichts essen?«

»Ich glaube nicht. Die liegt in ihrem Zimmer und starrt an die Decke.«

»Wie lange willst du den Tee denn noch ziehen lassen?«, fragt Angelikas Mutter. »Der wird ja ganz bitter.«

»Oh, den hab ich vergessen«, sagt Angelika. »Ich mach dir gleich neuen.«

»Lass mal, kümmere dich lieber um die Kinder.«

Ohne ein weiteres Wort verlässt Angelika die Küche.

# 18

Eberle sitzt an seinem Schreibtisch und liest, was der Computer über Uschi ausgespuckt hat.

»Frau Richters Weste strahlt so weiß, dass es schon wieder verdächtig ist«, sagt er zu Hartmann. »Kein Verkehrsunfall, kein Alkohol am Steuer, kein Streit mit den Nachbarn, keine Steuerbetrügereien, nichts, überhaupt nichts. Das ist doch nicht normal.«

»Es gibt eben noch anständige Leute, sogar unter Lehrern, auch wenn du dir das nicht vorstellen kannst«, stichelt Hartmann.

»In ihrer Freizeit spielt sie Tennis, geht häufig ins Theater und in Konzerte, ansonsten scheint sie nur für ihren Beruf zu leben.«

»Was stört dich daran? Ich wünschte mir, es gäbe mehr Lehrer, die für ihren Beruf leben.«

»Du weißt genau, was ich meine«, brummt Eberle. »Der einzige dunkle Punkt auf ihrer blütenweißen Weste ist die Affäre mit Beckstein, und die macht mir die Frau Studienrätin wenigstens ein bisschen sympathischer.«

»Pfui!«, tut Hartmann empört. »Da zerstört eine junge Lehrerin beinahe eine Ehe, und du findest sie deswegen sympathisch.«

»Sympathischer«, verbessert Eberle seinen Kollegen. »Ich habe nicht gesagt, dass ich sie sympathisch finde, obwohl sie sehr attraktiv ist.«

»Das gibst du also wenigstens zu.«

»Warum soll ich das nicht zugeben?«

»Weil sie Lehrerin ist.«

»So ein Schwachsinn.« Eberle tippt sich an die Stirn. »Aber nun mal im Ernst: Könnte es nicht sein, dass Beckstein ihre große Liebe war? Nachdem er sich damals für seine Frau und seine Kinder entschieden hat und Frau Richter versetzt wurde, hat sie ihn aus den Augen verloren, aber nicht vergessen. Nach allem, was wir bisher wissen, ging sie keine dauerhafte Beziehung mehr ein.«

»Das muss nichts bedeuten«, wirft Hartmann ein. »Vermutlich war der Richtige einfach noch nicht dabei.«

»Weil Beckstein in ihren Augen der Richtige war. Und nun trifft sie ihn bei der Fortbildung wieder, erfährt vielleicht, dass es mit Becksteins Ehe nicht zum Besten steht und wittert ihre Chance.«

»Warum sollte sie ihn dann erschießen?«

»Weil er sie erneut zurückweist.«

»Hm«, macht Hartmann, »ich weiß nicht, ich weiß nicht.«

»Du hast doch selbst gesagt, bei der Frau stimmt etwas nicht.«

»Ja, schon …«

»Mal sehen, wie sie reagiert, wenn wir ihr auf den Kopf zusagen, dass wir zwei Haare von ihr in Becksteins Zimmer gefunden haben.«

»Wir wissen doch noch gar nicht, ob die Haare von ihr stammen.«

Eberle grinst. »Und sie weiß nicht, dass wir es noch nicht wissen.« Er schaut auf die Uhr. »Wenn sie pünktlich ist, müsste sie demnächst erscheinen.«

Kaum hat er das gesagt, klopft es an der Tür.

»Pünktlich ist sie also auch.«

»Herein!«, ruft Hartmann.

Uschi tritt ins Zimmer und grüßt. Die beiden Polizisten grüßen zurück und bitten sie, Platz zu nehmen.

»Gibt es etwas, das Sie uns sagen möchten?«, beginnt Hartmann.

Uschi ist überrascht. »Ich Ihnen?« Sie schüttelt den Kopf. »Ich habe Ihnen alles gesagt, was Sie wissen müssen. Ich dachte, Sie wollen mir etwas sagen.«

»Das werden wir auch.« Eberle kann sich nicht bremsen. »Wir haben in Becksteins Zimmer zwei Haare von Ihnen gefunden. Was sagen Sie dazu?«

»Zwei Haare von mir?«

»Von Ihnen!«

Uschi schaut von Eberle zu Hartmann, denkt nach, und langsam weicht der erste Schreck aus ihrem Gesicht, es wird eine Spur heller. »Und von den zwei Haaren schließen Sie darauf, dass ich ihn erschossen habe.«

»Wir schließen noch gar nichts«, entgegnet Hartmann. »Wir fragen uns nur, wie Ihre Haare in Becksteins Zimmer gekommen sind.«

»Das kann ich Ihnen sagen: Wir haben uns am Abend in seinem Zimmer getroffen und unser Wiedersehen gefeiert.«

»Gefeiert?«, fragt Eberle. »Wie haben wir uns dieses Feiern vorzustellen?«

»Gar nicht, das geht Sie nämlich nichts an.«

»Da bin ich anderer Meinung«, widerspricht Eberle. »Wir haben es mit einem Mord zu tun, deswegen gehen uns die letzten Stunden des Ermordeten sehr wohl etwas an. Also, wie hat Ihre Wiedersehensfeier ausgesehen?«

»Obwohl ich immer noch der Meinung bin, dass Sie das nichts angeht, will ich es Ihnen sagen, damit Sie keine falschen Schlüsse ziehen. Herr Beckstein und ich sind zuerst mit den Kolleginnen und Kollegen in der Akademiekneipe gesessen und haben etwas getrunken.«

»Was?«

Uschi überlegt. »Ich ein Gläschen Wein, er zwei Pils, vielleicht waren es auch drei. Das weiß ich nicht mehr so genau.«

»Und dann?«

»Dann sind wir gegangen.«

»Nur Sie beide?«

»Nein«, antwortet Uschi, ohne zu zögern. »Frau Kaiser ging auch. Sie musste für den nächsten Tag noch eine Stunde vorbereiten. Herr Beckstein und ich haben auf dem Flur mit ihr darüber geredet und ihr ein paar Tipps gegeben. Dann hat sie sich verabschiedet, und ich bin mit Herrn Beckstein in sein Zimmer gegangen.«

Eberle sagt nichts und fragt nichts. Er schaut Uschi in die Augen, sie hält seinem Blick stand.

»Haben Sie miteinander geschlafen?«, fragt Hartmann plötzlich.

Zum ersten Mal lässt sich Uschi mit einer Antwort Zeit, viel Zeit.

»Haben Sie?«

»Das geht Sie nun wirklich nichts an, und es ist ja wohl auch nicht strafbar, wenn zwei erwachsene Menschen miteinander schlafen, selbst wenn einer von beiden verheiratet ist.«

»Wenn einer den anderen anschließend nicht erschießt, ist es Privatsache«, sagt Eberle. »Aber nur dann.«

»Dann ist es meine Privatsache.«

Eberle ärgert sich, dass Uschi so sicher und selbstbewusst auftritt. Hat er doch gehofft, sie mit den beiden Haaren in die Enge treiben zu können. Deswegen legt er nun einen Zahn zu. »Sie wollen uns also erzählen, Herr Beckstein und Sie hätten sich – nachdem sie fünfzehn Jahre lang nichts voneinander gesehen und gehört haben – in der Akademie getroffen und gleich am ersten Tag miteinander geschlafen, als habe es die fünfzehn Jahre nicht gegeben?«

»Ich will Ihnen gar nichts erzählen«, gibt Uschi zurück. »Sie wollen von mir etwas wissen, und ich habe Ihnen gesagt, was Sie wissen müssen. Wenn Sie mir nicht glauben, weil Sie sich nicht vorstellen können, dass es so war, ist das Ihr Problem.«

»Passen Sie gut auf, dass es nicht zu Ihrem Problem wird!«

»Wollen Sie mir drohen?«

Hartmann merkt, dass Eberle sich nur noch mit Mühe beherrschen kann, und geht dazwischen. »Einige Ihrer Kolleginnen und Kollegen haben uns gesagt, sie hätten den Eindruck gehabt, Herr Beckstein sei mehr an Frau Kaiser als an Ihnen interessiert gewesen. Was sagen Sie dazu?«

»Die haben sich getäuscht«, antwortet Uschi knapp.

Hartmann beobachtet sie, ohne eine weitere Frage zu stellen.

»Fragen Sie doch den Förster, wen er in der Mittagspause im Wald beim Liebesspiel mit Dieter Beckstein beobachtet hat. Frau Kaiser oder mich.« Wie das Trumpf-As knallt sie den beiden Kommissaren den Satz ins Gesicht.

»Ich habe keine Fragen mehr«, sagt Eberle und verschwindet in einem Nebenraum, ohne sich von Uschi zu verabschieden.

»Für einen Kriminalbeamten reagiert Ihr Kollege sehr emotional«, sagt Uschi.

»Sie können jetzt gehen. Ich muss Sie jedoch bitten, in den nächsten Tagen nicht zu verreisen.«

»Das habe ich auch nicht vor.« Uschi steht auf und verlässt mit einem kurzen Gruß den Raum.

# 19

Angelika sitzt auf Annes Bett, Benjamin hockt auf dem Boden. Alle drei haben verheulte Gesichter. Anne walkt Taschentuch um Taschentuch zu Kugeln und lässt sie achtlos neben sich fallen. Benjamin kaut an seinen Fingernägeln.

»Vielleicht ist Papa gar nicht richtig tot«, murmelt Anne, »vielleicht ist er nur scheintot. Ich hab mal gelesen, dass es das gibt.«

Benjamin macht sich nicht über seine Schwester lustig, wie er das bei anderer Gelegenheit nach so einem Satz getan hätte. Auch in ihm glüht noch ein Fünkchen Hoffnung, sie möge Recht haben oder eine andere wundersame Lösung könne den Vater wieder zurückbringen oder alles sei nur ein böser Traum, aus dem er bald erwachen werde.

Angelika legt eine Hand auf Annes Hände. »In so einem Fall wird der … wird man besonders genau untersucht. Papa ist nicht nur scheintot, ganz bestimmt nicht.«

Dann stellen Anne und Benjamin wieder die Fragen, die sie in den vergangenen Stunden schon zigmal gestellt haben: Warum? Warum gerade ihr Vater? Warum Gott so etwas zulasse?

Zuerst schweigt Angelika. Schließlich sagt sie: »Die Polizei wird herausfinden, wer euern Vater getötet hat und warum.«

»Das macht ihn auch nicht wieder lebendig!«, ruft Benjamin.

Der Satz ist so wahr, wie ein Satz nur wahr sein kann. Und weil er so endgültig wahr ist, verstummt das Leben für lange Minuten, bis die Haustürglocke in das Schweigen einbricht.

Angelika reibt sich mit beiden Händen über das Gesicht, steht auf und geht zur Tür. Eberle und Hartmann stehen draußen, Angelika bittet sie ins Wohnzimmer.

»Frau Beckstein, wir haben noch ein paar Fragen«, beginnt Eberle.

»Bitte.«

»Haben Sie eine Waffe?«

»Eine Waffe?« Sie schüttelt den Kopf. »Nein.«

»Und Ihr Mann, hatte der eine?«

»Nicht dass ich wüsste – nein, das glaube ich nicht.«

»Sie haben also keine Waffe im Haus?«

»Wenn mein Mann nicht heimlich eine besessen hat, was ich – wie gesagt – nicht glaube, dann nicht.«

»Sagt Ihnen der Name Ursula Richter etwas?«, fragt Hartmann völlig unvermittelt.

»Ursula Richter«, wiederholt Angelika, lauscht dem Namen nach und schaut an Hartmann vorbei, kneift die Augen leicht zu und kramt in ihren Erinnerungen. »Ursula Richter – wenn ich mich nicht täusche, hatte mein Mann mal eine Kollegin, die so hieß.«

»Mehr wissen Sie von ihr nicht?«

»Was soll ich denn von ihr wissen?«, fragt Angelika nun ein wenig misstrauisch.

»Dass Ursula Richter und Ihr Mann ein Verhältnis hatten, zum Beispiel.«

Diese Mitteilung trifft Angelika, trifft sie so sehr, dass sie selbst überrascht ist. Sie hat ihren Mann nicht mehr geliebt, hat ihm sogar den Tod gewünscht, und dennoch tut es jetzt weh, so etwas zu hören, auch wenn sie schon früh den Verdacht hatte, seine Pornomädchen könnten ihm nicht genügen, daneben und neben ihr gebe es vielleicht noch andere Frauen. Konkrete Anhaltspunkte oder gar Beweise dafür gab es allerdings zu keiner Zeit. Nun also doch.

»Frau Beckstein, ist Ihnen nicht gut?«

»Wie bitte?«

»Ob Ihnen nicht gut ist?«

»Doch, doch, es geht schon.« Angelika setzt sich aufrecht hin und schaut Hartmann an. »Woher wissen Sie das?«

»Von Frau Richter.«

»Mhm«, macht Angelika nur.

»Sie haben also nicht gewusst, dass Ihr Mann und Frau Richter ein Verhältnis hatten?«

Angelika schüttelt den Kopf.

»Wissen Sie vielleicht, ob es im Leben Ihres Mannes noch andere Frauen gab?«

Wieder schüttelt sie den Kopf.

»Frau Beckstein, ich würde gern noch mal hören, wann Sie sich entschlossen haben, Ihren Mann zu töten«, sagt Eberle und lenkt das Gespräch in eine andere Richtung.

»Das habe ich Ihnen doch schon erzählt.«

»Ich möchte es trotzdem noch mal hören.«

Angelika atmet hörbar aus. Sie überlegt, wo sie anfangen soll, entscheidet sich dafür, die lange Vorgeschichte wegzulassen und beginnt mit dem Lochenstein, wo sie entschied, sich nicht selbst, sondern ihn zu töten. Sie erzählt in gekürzter Form, dass sie verschiedene Möglichkeiten durchdacht und eine nach der anderen verworfen hat, wie sie Herrn Allersens Pistole entdeckt, an sich genommen und beschlossen hat, zur Akademie zu fahren und ihren Mann dort zu erschießen.

In diesem Augenblick kommt Anne ins Zimmer gestürzt, schreit »Mörderin! Mörderin!«, schlägt auf ihre Mutter ein, die sich nicht wehrt und nicht schützt, und als Hartmann sie festhalten will, reißt sie sich los und läuft »Mörderin! Mörderin!« schreiend aus dem Zimmer.

Angelika sitzt wie ein Häufchen Elend auf dem Sofa, schlägt die Hände vors Gesicht und murmelt: »Jetzt ist alles aus.«

Eberle und Hartmann schauen sich an. Beide scheinen unsicher, wie sie sich verhalten sollen.

Eberle räuspert sich. »Frau Beckstein!«

Sie hebt den Kopf und starrt ihn mit leeren Augen an.

»Frau Beckstein, um uns …« – Eberle macht eine Pause – »… und Ihren Kindern Gewissheit zu verschaffen, muss ich Sie bitten, mit uns zu kommen.«

Obwohl Angelika geistesabwesend wirkt, nickt sie. »Ja, nehmen Sie mich mit. Sie haben ja gehört, was meine Tochter gesagt hat.« Sie erhebt sich und streckt Eberle beide Hände entgegen, so, als erwarte sie, dass er ihr Handschellen anlegt.

»Nein, nein, ich will Sie nicht festnehmen«, wehrt er ab. »Unsere Kriminaltechniker werden Ihre Hände nur nach Schmauchspuren untersuchen.«

»Wir können die Kinder doch jetzt nicht allein lassen«, flüstert Hartmann seinem Kollegen zu.

Eberle überlegt kurz. »Dann bleibst du hier, bis ich mit ihr wieder zurück bin.«

Zwei Stunden später kommen sie zurück. Weil Angelika keinen Schlüssel mitgenommen hat, muss sie läuten. Ihre Mutter öffnet die Tür, dreht sich sofort um und lässt Angelika stehen.

»Schicken Sie bitte meinen Kollegen heraus!«, ruft ihr Eberle hinterher. Und zu Angelika sagt er: »Ich wünsche Ihnen ...« Er scheint nach den passenden Worten zu suchen. »... viel Kraft«, beendet er seinen angefangenen Satz.

»Danke.«

Hartmann schiebt sich an Angelika vorbei. Sie drückt die Tür hinter sich ins Schloss, bleibt stehen, als würde sie auf etwas warten, trottet in die Küche, setzt sich an den Esstisch und starrt zum Fenster.

Ich bin unschuldig und doch bin ich schuldig.

## 20

Anne und Benjamin gehen ihrer Mutter aus dem Weg. Einmal versucht sie, mit den beiden zu reden, aber Anne hält sich die Ohren zu und läuft aus dem Zimmer.

Am nächsten Tag kommt sie vom Nachmittagsunterricht nicht nach Hause.

»Weißt du, wo Anne ist?«, fragt Angelika.

Benjamin zuckt nur mit den Schultern.

»Hat sie nichts …«

Er dreht sich um und lässt seine Mutter einfach stehen.

Angelika setzt sich aufs Sofa und wartet. Sie ist unfähig, etwas zu tun. Als es draußen langsam dämmert und Anne immer noch nicht zu Hause ist, ruft sie Eberle an. Er merkt, dass sie völlig verzweifelt ist, und verspricht ihr, gleich loszufahren, obwohl er dafür eigentlich nicht zuständig ist.

Es dauert nicht lange, bis es läutet. Angelika lässt Eberle herein und hält sich schluchzend an ihm fest. Er bleibt einen Augenblick mit hängenden Armen stehen. Dann hebt er sie und legt sie sacht um Angelikas Rücken. »Frau Beckstein«, sagt er leise, »Ihre Tochter hat doch bestimmt Freundinnen. Haben Sie schon bei denen angerufen?«

Sie schüttelt den Kopf.

»Dann sollten Sie das als Erstes tun.«

Angelika löst sich von Eberle, schnieft und nickt. Sie sucht die Nummern heraus und ruft Annes Freundinnen an, aber bei keiner ist sie, und keine weiß etwas, das weiterhelfen könnte.

»Gibt es andere Menschen, zu denen Anne ein gutes Verhältnis hat?«, fragt Eberle. »Vielleicht ihre Großeltern?«

Wieder schüttelt Angelika den Kopf, ruft aber zur Sicherheit trotzdem bei ihren Schwiegereltern und bei ihrer Mutter an. Als die ihr gleich wieder Vorwürfe macht, bricht sie das Gespräch einfach ab.

»Und Benjamin?«, fragt Eberle. »Weiß er auch nichts?«

»Er redet nicht mit mir.«

»Hm«, macht Eberle. »Ist er hier?«

Angelika nickt und zeigt ihm Benjamins Zimmer.

»Ich versuch's mal.« Er klopft an.

»Lass mich in Ruhe!«

»Hier ist Hauptkommissar Eberle. Ich würde gern mit dir reden.«

»Worüber?«

»Über deine Schwester.«

Schritte sind zu hören, der Schlüssel wird gedreht und die Tür einen Spalt weit geöffnet.

»Aber nur Sie allein«, sagt Benjamin und schließt hinter Eberle wieder ab.

Angelika lehnt sich draußen an die Wand und starrt die Tür an.

Nach wenigen Minuten öffnet sie sich.

»Benni!«, sagt Angelika bittend.

»Wenn ihr etwas passiert ist ...« Mehr sagt er nicht, geht an ihr vorbei und verlässt das Haus.

»Das halt ich nicht aus«, murmelt Angelika und vergräbt das Gesicht in den Händen. »Ich halte das nicht aus.«

»Frau Beckstein, soll ich einen Arzt rufen?«, fragt Eberle.

Sie schüttelt den Kopf, schaut hoch und fragt: »Was hat er denn gesagt?«

»Nicht viel«, antwortet Eberle. »Er weiß nicht, wo Anne sein könnte.«

»Sie müssen sie finden«, sagt Angelika. »Wenn sie ... wenn sie sich etwas antut, kann ich nicht mehr weiterleben.«

»Ich leite alles in die Wege«, verspricht er.

Nach der schlimmsten Nacht ihres Lebens ruft Angelika schon um sieben bei Eberle an. »Sie ist nicht nach Hause gekommen und hat sich auch nicht gemeldet.«

Eine Stunde später startet die Polizei eine Suchaktion. Doch bevor sie eine Spur von Anne finden, meldet sich eine

Bekannte aus der Tennishalle in Ebingen bei Angelika und sagt, in der Umkleidekabine liege ihre Tochter und sei nicht ansprechbar.

»Lebt sie?«

»Natürlich lebt sie«, antwortet die Frau.

»Danke, ich komme gleich.«

Angelika fährt zur Tennishalle. Natürlich lebt sie. Natürlich findet Angelika das nicht. Sie hat sich seit gestern alle möglichen Zustände vorgestellt, in denen man Anne finden könnte, und ist dabei fast verrückt geworden. Aber das ist jetzt egal, wichtig ist nur, dass Anne lebt.

In der Tennishalle wird Angelika von ihrer Bekannten empfangen und in die Umkleide für Damen geführt. Dort liegt Anne zusammengekauert wie ein Embryo auf einer Bank.

Angelika beugt sich über sie und sagt leise: »Anne.«

Sie schlägt die Augen auf und erkennt ihre Mutter. »Geh weg!«

»Anne, es tut mir alles so leid.«

»Du lügst!« Sie setzt sich auf. »Dir tut gar nichts leid, du …«

»Anne, ich möchte mit dir reden.«

»Aber ich nicht mit dir! Ich rede nicht mit einer Mörderin!« Sie will an Angelika vorbei.

»Ich lasse dich nicht wieder weglaufen«, sagt Angelika und hält sie fest.

»Willst du mich einsperren oder auch erschießen?«, faucht Anne und reißt sich los.

Angelikas Bekannte drückt schnell die Tür zu und stellt sich davor. »Was redest du denn für wirres Zeug? Bist du betrunken?«

»Lass mich raus!«

»Anne, sei doch vernünftig«, sagt Angelika. »Bitte!«

Anne will die Frau zur Seite zerren, doch sie schafft es nicht. Da dreht sie sich um, schlägt auf ihre Mutter ein, ruft »Mörderin! Mörderin! Mörderin!«, beginnt zu schluchzen, hemmungslos zu schluchzen, wobei die Schläge und Rufe schwächer werden.

»Ich rufe einen Arzt«, sagt die Bekannte.

Anne sackt an ihrer Mutter hinunter zu Boden. Angelika würde sich am liebsten neben sie setzen und ihre Tochter in die Arme nehmen. Aber das traut sie sich nicht.

Nach ein paar Minuten kommt der Notarzt. Schon draußen schildert ihm Angelikas Bekannte wortreich Annes Verhalten. Er untersucht Anne, die alles teilnahmslos über sich ergehen lässt.

»Außer einer leichten Unterkühlung kann ich nichts feststellen«, sagt er.

»Aber Sie hätten sie vorhin erleben sollen«, flüstert Angelikas Bekannte. »Wie eine Furie ist sie auf ihre Mutter losgegangen.«

Der Arzt schaut Angelika an, als warte er auf eine Erklärung. Sie bittet ihn kurz hinaus.

»Passen Sie bitte auf«, sagt der Arzt zu dem Krankenpfleger, der in der Tür steht.

Draußen berichtet Angelika kurz, warum Anne so durcheinander ist.

»Hm«, macht er, »dann ist es wohl besser, ich gebe ihr ein Beruhigungsmittel. Auch damit sie schlafen kann. Das wird ihr guttun.«

Eine halbe Stunde später liegt Anne im Bett und schläft. Angelika sitzt bei ihr.

Es wird nie mehr so sein wie bisher. Für dich bin ich eine Mörderin, nein, nicht eine Mörderin, sondern die Mörderin deines Vaters. Und für Benni bin ich das auch, selbst wenn er es nicht ausspricht. Und mit der Mörderin eures Vaters wollt ihr nichts mehr zu tun haben. Ihr fragt auch nicht nach dem Grund oder den Gründen dafür, dass ich den Finger schon am Abzug hatte. Und wenn ich sie euch nennen würde, würdet ihr sie bestimmt nicht verstehen. Zumal er in euren Augen nicht nur ein guter Vater, sondern auch ein guter Ehemann war. Er hat mich nie geschlagen und nicht beschimpft, er hat das Geld nicht verprasst, sondern gut für uns gesorgt. Er hatte keine anderen … stimmt nicht, er hatte, und zwar nicht nur die Pornomädchen, sondern auch Frauen. Zumindest eine. Ursula Richter.

# 21

Über das Oberschulamt bekommt Angelika die Telefonnummer von Regierungsschuldirektor Bäumler und ruft ihn an. Sie hätte gern Anschrift und Telefonnummer von Ursula Richter. Zuerst lehnt er ab, weil er nicht befugt sei, diese Daten an Dritte weiterzugeben. Doch als Angelika mit weinerlicher Stimme sagt, sie habe das Bedürfnis, mit den Leuten zu reden, die zuletzt mit ihrem Mann zusammen gewesen waren, wird er weich.

Nun ist sie auf dem Weg zu ihr. Sie hat überlegt, ob sie vorher anrufen soll, sich aber dagegen entschieden, selbst wenn sie Ursula Richter nicht antreffen sollte. Dann würde sie es morgen erneut versuchen.

Nach einer knappen Stunde erreicht sie Münsingen und fragt sich nach der Silcherstraße durch. Sie findet das gesuchte Haus, parkt am Straßenrand, geht durch den kleinen Garten zur Haustür, neben der eine Sprechanlage mit zwei Namen angebracht ist. Sie drückt die Klingel *U. Richter*.

»Ja, bitte«, hört sie wenig später eine leicht krächzende Frauenstimme sagen.

»Hier ist Angelika Beckstein. Ich würde gern mit Ihnen reden.«

Ein paar Augenblicke ist es still. Angelika glaubt schon, Ursula Richter wolle nicht mit ihr reden.

»Hören Sie …«

»Kommen Sie bitte rauf!«, sagt die Stimme und gleichzeitig summt der Türöffner.

Angelika geht hinein und die Treppe hoch. Oben wartet Ursula Richter. Die beiden geben sich wortlos die Hand, dann geht Ursula Richter voraus ins Wohnzimmer, bietet Angelika einen Platz an und setzt sich ihr gegenüber.

Angelika erinnert sich an das Gesicht. Als ihr Mann noch am Friedrich-List-Gymnasium in Reutlingen unterrichtet hat, war diese Frau bei den Kegelabenden dabei gewesen.

Das müsste bald zwanzig Jahre her sein, und da sie heute noch gut aussieht, dürfte sie damals ziemlich attraktiv gewesen sein. Die hätte bestimmt jeden haben können, aber es musste ausgerechnet mein Mann sein. Mich würde interessieren, was sie an ihm so anziehend fand.

Es ist still im Zimmer, bedrückend still.

»Womit kann ich Ihnen helfen?«, beginnt Ursula Richter schließlich.

»Ich … Sie … Frau Richter, entschuldigen Sie bitte, wenn ich einfach so hereinplatze«, sagt Angelika. »Aber Sie sind eine der Letzten, die mit meinem Mann zusammen waren.«

Sie macht eine Pause und fügt dann hinzu: »Und wenn Kommissar Eberle recht hat, nicht nur als Kollegin.« Sie schaut Ursula Richter an und beobachtet genau, wie sie reagiert.

Die verzieht keine Miene und sagt nur knapp: »Der Kommissar hat recht.«

»Und wie lange … ich meine, seit wann ging das schon mit Ihnen beiden?«

»Seit unserer gemeinsamen Zeit in Reutlingen.«

Angelika schluckt. »Die ganze Zeit seit damals?«

Ursula Richter scheint zu überlegen – und nickt.

Angelika spürt einen heißen Stich. Ihr wird so schwummerig, als hätte sie ein Glas zu viel getrunken. Dieser Scheißkerl! Hat es die ganzen Jahre mit dieser Frau getrieben. Jetzt ist mir auch klar, warum er es ohne jede Diskussion akzeptierte, dass ich immer seltener mit ihm geschlafen habe und dann gar nicht mehr: Er hatte ja dafür eine andere, vielleicht sogar zwei oder drei.

»Und wie oft haben Sie sich getroffen?«

Wieder lässt sich Ursula Richter mit der Antwort Zeit. »Mindestens einmal in der Woche, meistens jedoch öfter. Es sei denn, Sie waren im Urlaub.«

Angelika schaut sich um. »Hier?«

»Auch.«

»Und warum ist er nicht ganz zu Ihnen gezogen?«

Diesmal antwortet sie sofort: »Wegen der Kinder, hat er gesagt.« Dann gehen ihre Mundwinkel leicht nach oben. »Und weil er ein Feigling war. Das sage ich.«

Angelika schaut ihr in die Augen. »Haben Sie ihn erschossen?«

»Wie kommen Sie denn darauf? Ich erschieße doch nicht den Mann, den ich liebe – und der mich liebt.«

»So groß kann seine Liebe nicht gewesen sein, sonst hätte er sich von mir getrennt und wäre hier eingezogen«, entgegnet Angelika.

»Was wissen Sie schon?«

»Genug«, sagt Angelika. »Mehr als genug.« Sie erhebt sich. »Es ist besser, ich gehe jetzt.«

»Wie Sie meinen.«

Ohne sich zu verabschieden, verlässt Angelika die Wohnung.

Draußen setzt sie sich in ihren Polo, fährt sofort los und landet mehr zufällig als geplant auf der Straße, die in der richtigen Richtung aus Münsingen hinausführt.

Es dauert eine Weile, bis sie ruhiger wird und ihr Gehirn zu arbeiten anfängt.

Mindestens einmal in der Woche, meistens jedoch öfter. Wenn ich Anne und Benni erzähle, dass ihr Vater mich fast zwanzig Jahre lang mit einer anderen Frau betrogen hat, werden sie bestimmt verstehen, dass ich nicht mehr mit ihm leben wollte. Vielleicht wird dann alles wieder besser.

Bei dem Gedanken an ihre Kinder schlägt Angelikas Herz schneller, und sie tritt kräftiger aufs Gaspedal.

Mindestens einmal in der Woche, meistens jedoch öfter.

So richtig triumphierend hat sie das gesagt. Als würde es ihr Freude machen, mir weh zu tun. Und von Trauer, dass der Mann erschossen wurde, den sie liebte und der sie angeblich liebte, ist bei ihr keine Spur.

Meistens jedoch öfter. Das würde ja bedeuten, dass er zwei- oder dreimal in der Woche zu ihr gefahren ist. Ich habe für die Strecke ungefähr eine Stunde gebraucht, macht allein zwei Stunden Fahrzeit. Und selbst wenn sie nur schnell ins Bett gesprungen wären, eine halbe Stunde wäre doch das Mindeste gewesen.

Angelika schüttelt den Kopf. Wenn er so oft zwei, drei Stunden oder gar noch länger weg gewesen wäre, wäre mir das irgendwann aufgefallen. Und in all den Jahren hätte er sich garantiert verraten. So lange kann man so ein Verhältnis nicht geheim halten. Irgendetwas stimmt da nicht.

Angelika fährt nach Hause. Anne und Benjamin sind nicht da. Es liegt auch keine Nachricht auf dem Sideboard in der Diele, wie das sonst bei ihnen üblich war. Sofort spürt Angelika wieder eine Unruhe. Aber sie kann nicht jedes Mal die Polizei alarmieren, wenn die beiden nicht zu Hause sind.

Angelika geht im Wohnzimmer hin und her. Nach ein paar Minuten ruft sie Eberle an und sagt ihm, sie sei bei Ursula Richter gewesen und würde gern mit ihm reden.

Zwanzig Minuten später sitzen Eberle und Hartmann ihr gegenüber.

»Was wollten Sie von Frau Richter?«, möchte Eberle wissen.

»Mit ihr reden.«

»Und?«

Angelika berichtet vom Verlauf des Gesprächs.

Eberle und Hartmann schauen sich erstaunt an.

»Was ist?«, fragt Angelika.

»Uns hat sie erzählt, das Verhältnis mit Ihrem Mann liege fünfzehn Jahre zurück«, antwortet Eberle. »Sie habe ihn in der Akademie zum ersten Mal wieder getroffen.«

»Was?«

»Warum erzählt sie uns eine ganz andere Geschichte als ihr?«, fragt Hartmann seinen Kollegen. »Und welche stimmt?«

»Also ich … ich glaube, was sie mir erzählt hat, stimmt nicht«, sagt Angelika.

»Wie kommen Sie darauf?«

Angelika berichtet von ihren Überlegungen während der Fahrt. »Wenn er so oft zu ihr gefahren wäre, hätte er mal einen Unfall gehabt, wäre geblitzt worden oder ich hätte ihn beim Telefonieren mit ihr ertappt oder etwas von ihr in seinen Taschen gefunden, bevor ich die Sachen in die Waschmaschine gesteckt habe. Oder alles wäre durch einen dummen Zufall aufgeflogen. Jedenfalls hätte er es nicht so lange vor mir geheim halten können.«

»Und warum hat Frau Richter Ihnen Ihrer Meinung nach die Geschichte erzählt?«, fragt Eberle.

»Ich glaube, sie wollte mir weh tun, weil mein Mann trotz allem bei mir geblieben ist.«

Eberle kneift die Augen ein wenig zu, wie immer, wenn er scharf nachdenkt. »Weh tun«, murmelt er. »Das könnte der Schlüssel zur Lösung sein. Sie wollte auch Frau Kaiser weh tun …«

»Wer ist Frau Kaiser?«, fragt Angelika.

»Äh … ich habe nur laut gedacht«, versucht Eberle auszuweichen.

»Ich würde aber trotzdem gern wissen, wer Frau Kaiser ist und was sie mit der Sache zu tun hat.«

Hartmann schaut Eberle mit einem Blick an, der ausdrückt: Warum hast du die Klappe nicht gehalten!

»Sie brauchen mich nicht zu schonen«, sagt Angelika.

»Frau Kaiser ist Lehrerin und war auch bei dem Lehrgang«, murmelt Eberle.

»Hat er … hat er mit ihr auch etwas gehabt?«

Bevor einer der beiden antworten kann, kommen Anne und Benni nach Hause. Eberle ruft ihnen durch die offen stehende Tür zu, sie sollen bitte hereinkommen.

»Was gibt's?«, brummt Benni.

»Ich möchte euch etwas sagen.« Eberle räuspert sich. »Eure Mutter hat euren Vater nicht …«

»Aber sie wollte es!«, fällt Anne ihm ins Wort. »Das hat sie Ihnen selbst gesagt.«

»Ich bin nicht sicher, ob sie es wirklich wollte«, sagt Eberle.

»Aber sie …«

»Lass mich bitte ausreden.« Eberle wartet einen Moment. »Sie war heute bei einer Frau, mit der euer Vater schon vor vielen Jahren ein Verhältnis hatte …«

»Das glaub ich nicht!«, fällt ihm nun Benni ins Wort.

»Das erzählt sie doch nur, um ihn schlechtzumachen«, setzt Anne noch eins drauf.

Eberle schüttelt den Kopf. »Die Frau ist eine ehemalige Kollegin aus der Zeit, als euer Vater noch in Reutlingen Lehrer war. Sie hat uns schon gestern von dem Verhältnis erzählt.«

»Die lügt!«

»Ganz sicher nicht«, entgegnet Eberle ruhig. »Die Frage ist nur, wie lange das Verhältnis gedauert hat. Und noch etwas: Auf dem Lehrgang hat sich euer Vater nach glaubhaften Aussagen … ja, wie soll ich sagen … in eine andere Frau verguckt.« Er wartet, wie Anne und Benjamin reagieren. Diesmal bleiben sie stumm. »Ich sage euch das nur, damit ihr eure Mutter ein bisschen besser versteht.«

»Selbst wenn das stimmt, ist es noch lange kein Grund, ihn zu erschießen«, sagt Benjamin.

»Sie hat ihn nicht erschossen«, entgegnet Eberle. »Und dass sie überhaupt mit diesem Gedanken umging, hat vermutlich noch andere Ursachen als die anderen Frauen. Die kenne ich so wenig wie ihr. Aber ihr solltet eure Mutter nicht verurteilen, bevor ihr sie angehört habt.« Eberle steht auf und wendet sich an Hartmann, der seinen Kollegen mit offenem Mund anschaut. »Wir fahren jetzt zu Frau Richter.«

Hartmann reagiert nicht.

»Was ist, worauf wartest du noch?«

»Äh … ja, ich … ich komme.«

# 22

»Muss ich Sie in die Wohnung lassen?«, fragt Ursula Richter spitz.

»*Noch* müssen Sie nicht«, antwortet Eberle. »Aber normalerweise unterhalten sich gebildete Mitteleuropäer nicht zwischen Tür und Angel.«

»Ich wüsste nicht, worüber ich mich mit Ihnen unterhalten sollte.«

»Hören Sie …«

»Wir können Sie auch vorladen«, fällt Hartmann seinem Kollegen ins Wort.

Ursula Richter zögert kurz, dreht sich dann um und geht voraus ins Wohnzimmer. »Aber machen Sie es bitte kurz!« Sie bleibt demonstrativ stehen.

»Frau Richter«, beginnt Hartmann, »Sie haben uns gesagt, sie hätten Dieter Beckstein in der Akademie nach fünfzehn Jahren zum ersten Mal wieder gesehen.«

»Richtig.«

»Wenn das richtig ist, warum haben Sie dann Frau Beckstein erzählt, Sie hätten sich bis zuletzt regelmäßig mit ihm getroffen?«

»Ach so, daher weht der Wind!«, sagt sie und verzieht das Gesicht zu einem künstlichen Lächeln.

»Das ist keine Antwort auf meine Frage.«

»Hier ist meine Antwort«, sagt sie kühl. »Das geht Sie nichts an.«

»O, da bin ich aber anderer Meinung, werte Frau Richter«, mischt sich Eberle jetzt ein. »Wenn Sie es bei Ihren Aussagen mit der Wahrheit nicht so genau nehmen, geht uns das sehr wohl etwas an.«

»Bei dem, was ich zu Frau Beckstein gesagt habe, handelte es sich nicht um eine Aussage, werter Herr Kommissar.«

»Hauptkommissar«, verbessert Eberle. »So viel Zeit muss sein. Und nun …«

Weil Hartmann eine Eskalation befürchtet, unterbricht er Eberle erneut: »Was sollen denn diese Spitzfindigkeiten, Frau Richter. Sagen Sie uns jetzt einfach, was stimmt!«

»Meine Aussage bei Ihnen.«

»Und warum haben Sie Frau Beckstein etwas anderes erzählt?«, möchte Hartmann wissen.

»Das geht Sie nichts an«, wiederholt sie.

»Sie sind eine …« Diesmal wird Eberle von seinem Handy unterbrochen. Er nimmt es aus der Tasche, schaut kurz auf das Display, meldet sich und geht hinaus auf den Flur.

Ursula Richter und Hartmann schauen ihm hinterher, hören ihn reden, können aber nicht verstehen, was er sagt.

Als Eberle wieder ins Wohnzimmer kommt, sieht Hartmann an seinem Gesichtsausdruck sofort, dass es eine gute Nachricht gewesen sein muss.

»Der Förster, der Sie beim Liebesspiel mit Dieter Beckstein gesehen hat, hat im Wald eine Pistole gefunden«, sagt Eberle und beobachtet Ursula Richter dabei ganz genau.

Diese Aussage scheint sie kaltzulassen. »Na und?«, sagt sie nur, als ginge sie das nichts an.

»Wildschweine haben sie ausgegraben – noch bevor Gras über die Sache gewachsen ist«, fügt Eberle süffisant hinzu. »Das ist natürlich Pech für die Mörderin. Denn ohne die Tatwaffe hätten wir sie in diesem Fall wohl kaum überführen können. Und wir gehen davon aus, dass es sich bei der gefundenen Pistole um die Tatwaffe handelt.«

»Warum schauen Sie mich so an?«, fragt Ursula Richter.

»Ich warte, was Sie dazu sagen.«

»Gar nichts. Ich sage überhaupt nichts mehr ohne meinen Anwalt.«

Eberle lacht auf. »Diesen Satz, den Verdächtige in Fernsehkrimis immer sagen, aus Ihrem Mund zu hören, enttäuscht mich sehr, werte Frau Studienrätin – oder muss ich Oberstudienrätin sagen?«

Darauf antwortet sie nicht.

»Aber wir sind hier nicht in einem Fernsehkrimi«, redet Eberle weiter. »Deswegen frage ich Sie jetzt: Haben Sie die Pistole im Wald versteckt?«

»Ich will meinen Anwalt sprechen!«

»Das dürfen Sie natürlich, schließlich leben wir in einem Rechtsstaat. Aber Ihr Anwalt wird Ihnen aller Voraussicht nach nicht viel helfen können«, sagt Eberle. »Erinnern Sie sich, was ich bei unserem zweiten Gespräch zu Ihnen gesagt habe: Passen Sie gut auf, dass die Sache nicht zu Ihrem Problem wird! Jetzt ist es Ihr Problem. Ziehen Sie sich bitte etwas an, Sie sind vorläufig festgenommen.«

# 23

Angelika sitzt seit mehr als einer Stunde mit Anne und Benni im Wohnzimmer und redet mit ihnen. Es ist ein schmaler Grat, auf dem sie geht. Einerseits möchte sie ihren Mann nicht schlechtmachen, andererseits muss sie sagen, wie sie die vergangenen Jahre erlebt und was sie empfunden hat, damit ihre Kinder sie wenigstens ein bisschen verstehen.

Mitten hinein in das Gespräch läutet es an der Haustür.

»Lasst es läuten«, sagt Angelika, die jetzt lieber weiterreden möchte.

Aber es läutet noch mal und noch mal und noch mal.

Da springt Benjamin genervt auf, läuft zur Haustür und reißt sie auf. »Was ist …«

Eberle steht draußen. »Darf ich reinkommen?«

»Äh … ja, bitte!«

Benjamin geht mit ihm ins Wohnzimmer.

»Guten Tag. Ich hoffe, ich störe nicht. Ich wollte Ihnen und euch nur kurz sagen, dass Frau Richter die Tat gestanden hat.«

Angelika deutet zu einem Sessel. »Bitte setzen Sie sich doch.«

Eberle setzt sich und redet weiter: »Nach der Tat hat sie die Pistole im Wald vergraben und mit ihr das Halstuch, das sie um die Hand gewickelt hat, damit wir bei ihr keine Schmauchspuren finden. Sie wollte nämlich ganz besonders clever sein, die Frau Oberstudienrätin. Aber an dem Halstuch haben unsere Leute Hautpartikel gefunden, die von ihr stammen. Damit hatten wir sie.«

»Warum hat sie das getan?«, fragt Anne mit Tränen in den Augen.

»Sie hat deinen Vater geliebt, seit sie damals in Reutlingen ein Verhältnis hatten«, antwortet Eberle. »So, wie es aussieht, war es für deinen Vater irgendwann vorbei, aber für sie nicht. Und nun haben sie sich bei der Fortbildung getroffen, und sie hat wohl gehofft, ihn noch einmal gewinnen zu können. Doch dann musste sie miterleben, dass er sich mehr für Frau Kaiser interessierte als für sie. Da hat sie rotgesehen und gedacht: Wenn ich ihn nicht haben kann, soll ihn die oder eine andere auch nicht haben.«

Anne schnieft. »Dann muss sie ihn aber sehr geliebt haben.«

»Und trotzdem oder gerade deswegen hat sie ihn umgebracht«, sagt Eberle.

»Aber woher ... wieso hatte sie denn eine Pistole?«, fragt Angelika.

»Die habe sie sich irgendwann besorgt«, antwortet Eberle, »weil man sich als alleinlebende Frau heutzutage schützen müsse.«

»Schützen!«, sagt Benjamin. »Und dann erschießt sie damit Papa, der ihr nichts getan hat.«

»Das hat sie leider anders gesehen, ganz anders.« Eberle erhebt sich. »Also, ich geh dann mal wieder.«

Angelika begleitet ihn hinaus. Vor dem Haus legt sie die Hand auf Eberles Arm. »Ich weiß gar nicht, wie ich Ihnen danken soll.«

»Schon gut, Frau Beckstein. Schon gut.«